季周子,本名邓延发。祖籍河北大城。1964年生,1987年毕业于锦州师范学院(现为渤海大学)中文系。著有诗集《天边吹来凉爽的风》《远远地看你最好》。

檐下

——紫庐随笔卷一

季周子 著

云南大学出版社
Yunnan University Press

图书在版编目（CIP）数据

檐下：紫庐随笔.卷一/季周子著. -- 昆明：云南大学出版社，2018

ISBN 978-7-5482-3584-2

Ⅰ.①檐… Ⅱ.①季… Ⅲ.①随笔-作品集-中国-当代 Ⅳ.①I267.1

中国版本图书馆 CIP 数据核字(2018)第282442号

檐下——紫庐随笔卷一
季周子 著

策　划：	展丽玲
责任编辑：	严永欢
封面设计：	老　傅
封面油画：	刘震力
书名题签：	董　洋
出版发行：	云南大学出版社
印　　装：	鞍山玖玖印务有限公司
开　　本：	880mm×1230mm　1/32
印　　张：	9.5
字　　数：	165千
版　　次：	2018年12月第1版
印　　次：	2018年12月第1次印刷
书　　号：	ISBN 978-7-5482-3584-2
定　　价：	32.00元
社　　址：	昆明市一二一大街182号(云南大学东陆校区英华园内)
邮　　编：	650091
发行电话：	0871-65033244　65031071
网　　址：	http://www.ynup.com
E - mail：	market@ynup.com

若发现本书有印装质量问题，请与印厂联系调换，联系电话：0412-8223939。

故土的回眸与"乡愁"
——季周子"紫庐随笔"读后记
傅汝新

一

读完季周子的书稿《檐下》（紫庐随笔卷一）、《窗外》（紫庐随笔卷二）的午后，在茶室里，我一边喝着茶，一边咀嚼着这两卷随笔集里那些让我感念的智识与情怀。不知为何，突然想起一年半前的那个中午。那天，几个朋友聚在我的茶室里，酒菜已经备好，边聊边等待未到的一个朋友，这个朋友就是季周子。对季周子而言，那天中午是他人生命运的变故与转折。本来说是午前谈话一定会结束，可是午后一时了，季周子才匆匆地赶来。我跟季周子虽然相识，却没有多少接触与往来，所以，当他仍然是一副轻松并面带笑容地坐到茶台前，然后端起酒杯，就要开怀畅饮的时候，我脸上就有些僵硬的感觉，不知道应该怎样做，或对他说些什么。另几个朋友比我更熟悉季周子，似乎已经知道了结局，或者干脆没把这当回事，便端起酒杯，嘻嘻哈哈地跟季周子碰杯，然后就仰起头，一干而尽。季周子一定是知道大家都在关心着他的结局，便说，一切都过去了，我终于可以坦然自在地生活了，从现在开始，我就可以跟诸位放纵地海喝胡聊了。大家轰的一声，都大笑起来，那里面的含义已经无须再说。那天大家喝了不少酒，酒酣的季周子果然海喝胡聊了起来。那一刻我才知道，季周子并非仅仅是一个官员，他有着很渊博的知识和文化修养，让我陡然间高看了他许多。季周子还说，老傅，我们搞个文学沙龙，你挑头，我给你当副手，咱们认真地研究点东西。

可是，那个午后之后，季周子就在我的视野里消失了，再也没了他的音讯。有人说他回了老家，也有人说他正在名山大川间游历。直到前不久，季周子突然邀我去了他的老家，在他的茶室，一边喝茶一边闲聊，然后他就捧出这两摞书稿，让我给他做编辑、装帧设计，还要我再写点序言类的文字。两百余篇，几十万字，我只有目瞪口呆，惊讶不已。

二

从大的概念上讲，季周子的《檐下》（紫庐随笔卷一）、《窗外》（紫庐随笔卷二）可谓之乡土叙事，再细分一下，亦可称之"乡愁"类的作品。乡土叙事在中国文学史中是一个显性的主题，是一个很大的源远流长的文脉，诸多大家留下了无以计数的优秀作品。在现当代文学中亦有两大乡土叙事，一是以鲁迅为代表的，一是以沈从文为象征的。鲁迅意在对国民性的批判与现代性启蒙，他的乡土叙事的色调就黯然许多，不仅是乡村社会的凋敝，人也是愚昧混沌的；沈从文似乎唱的是反调，在民族危亡的时刻，他却呈现出恬静温馨的乡村情调与明亮的人性的光辉，走的是唯美的一脉，也因此而长期被排斥于文学史之外。但近二十年来，沈从文的文学史意义却被罕见地大幅度提升，创作上跟随者亦甚众。当然，还有周作人小品文的一脉，却因他的政治的因素而没有得以彰显。"乡愁"当是乡土叙事中的一个重要方面，古典诗词尤甚。"乡愁"这一概念源于何时我没考证过，大意却不复杂,是远离故乡的游子、漂泊者的一种对家乡的眷恋情感的状态。近年来,这种情绪更是因为诗人余光中写于1972年的诗《乡愁》而被广为阐发,甚至成了流行时尚文化。

没有详细研究过,但粗略的感觉却是有的,当一个人突然要回眸故土,并进而有"乡愁"发散的时候,一定是其生活,甚或命运发生了某种意义上的变故与转折。从古典文学到现当代文学,这样的例子俯拾皆是。这里面有两个关键词:一个是离开,一个是变故与转折。没有哪个诗人或作家是生活在故土的时候便有"乡愁"的作品产生,回眸当然也不成立;所以,离开是前提。仅有离开还不够,还必须是人生命运发生了某种意义上的变故与转折,才会导致他对故土的眷恋的爆发。这个时候的故土在他的感觉里是母亲,一个遭遇了人生命运的变故与转折的"游子",只有在母亲的怀抱里,他的情绪与创伤才能得以抚慰与疗治。或许可以说,"乡愁"就是一种自我的疗救,一种自我的升华。

三

这些关于作者自己重回故土的生活思考及情感，以及故土的物事与人文风俗的文学随笔，或称之小品文亦可，其中也有少量的狭义的散文，但并不纯粹。季周子显然没有刻意去鲁迅、沈从文、周作人的身后站队，而是尊崇石涛的艺术思想，走一条属于自己的路径。石涛是他之后历代山水画家所推崇的大家，都希望能从他的艺术思想与作品中汲取灵感与营养。石涛提出"搜尽奇峰打草稿"，这个思想与老子的"道法自然"完全一致，显然是在强调生活本身对画家的重要性。石涛最重要的思想体现在"夫画者，从于心也"。如果说"搜尽奇峰打草稿"强调的是方法，那么"从于心也"则道出了艺术创作最为核心的本质与规律，堪称艺术之圭臬。这样的路径因为少了可以依傍的艺术经验，显得混沌迷茫，甚至无迹可循。季周子没有知难而退，他让自己的"乡愁"多一些自我的真实袒露，是对故土的人与物事的情感的直白呈现，既不矫揉造作，也不故作高深，不乏的是激情与爱意，浪漫与诗性。也就是说，季周子没有被人生命运的变故与转折所纠缠与羁绊，而是开始了人生的另一种生活，他变得平静而温煦，达观而包涵，自信而从容。

从这些文学随笔中可以读出，这一年半来，季周子显然没有如有些朋友说的去游历名山大川，而是有如尘埃落定般踏踏实实地生活在老家。其实，工作时候他也常回老家，但与现在却有本质的不同。不同的原因当然会有多种，最紧要的却是心不在焉，或心不落地。那时候的回家有些像客人，不要说朋友，连亲人都有些拘谨与陌生。现在，他重回初心，已经把自己当作了主人。这个时候的季周子有了让他惊讶不已的发现，不仅自己的内心突然地丰厚阔大、细腻生动起来，连他生活的楼上楼下、窗前院外，也随之蓬勃地生长出许多过去熟视无睹的物事来，它们是那样的鲜活，那样的富于情感，那样的充盈着修辞，那样的富于诗意，那样的深蕴着哲思。最可贵的是，他的人生的背景或命运底色发生了本质性的变化，虽然呈现的是一种达观的思想情绪，但微细处仍然会有感伤的情绪以美学方式，如那条流经县城的大洋河水般流动。这些个细微处的感伤情绪为他的这些随笔增添了许多文学性品质。

四

《檐下》（紫庐随笔卷一）里的篇什，多是关于作者读书、内心、饮食，以及屋前庭院里的花草的细腻的记述和日常生活的拾零。《窗外》（紫庐随笔卷二）则是对家乡的历史、民俗、人事、山水、树木等的杂谈。这样说其实并不准确，因为两卷集子涉及内容极其丰富驳杂，三言两语是无法概括的。对文本进行详细的分析阐释也是不明智的，因为这些随笔写得极其平易，没有故作学术之处，谁都读得懂。择其要，强调一下它的文学风格与特点或许是必要的。

第一，写作这些随笔的前提应是作者的心境，只有心如止水，才有可能对屋里庭前的花草作如此细致地观察与探究，才有可能进行如此细腻的描写，那些过去熟视无睹的物事才会如泉水般地涌到眼前。生活中，当然一定也包括写作中，作者已经是物我两忘，与人文风俗，也与"自然"融合，让生命的存在与情感在感知它们的情态里泛滥。当然，感伤也是有的。

第二，作者的视角多是从细微之处切入，只写点滴的感悟，而不是妄自宏大的思考。

第三，这些随笔呈现出来的是一种"文人"的情态，日常生活中细微的事物被作者诗性化和文化化了，尤其是古典诗词与文句的信手拈来，大量引用，使得诗性与文化感更加浓郁。由于诗性与禅意，偶尔还有些抽象与叙述的跳跃性，因此不同于20世纪二三十年代小品文的知识性或杂文的说理性。诗词与文句显而易见地拓展了物事的内涵，丰厚了作者的情思。

第四，作者有着广博的知识，但不是卖弄知识，他让知识跟自己的生活与思想情感发生勾连，摆脱了纯粹的知识性讲述。

第五，有诸多篇章语言华丽，叙述充满激情。作者将历史与现实、物事与景致交融，峰回路转，纵横驰骋，切换的手法颇像电影蒙太奇。物事与场景的细微变化写得丝丝入扣，想象与思辨亦在其中。

总体而言，这些随笔不是单纯的知识堆积或学术研究，而是生活中的情感表达与思辨妙悟。因为有民间习俗与古典诗词和文句的托举与支撑，有历史与现实的深厚背景，而免于当下许多类似作品的失之浮浅与轻薄。

五

据说半个世纪以后再次踏上祖国大陆的土地,台湾诗人余光中在南京说出了这样一句话:"如果乡愁只有纯粹的距离而没有沧桑,这种乡愁是单薄的。"季周子的随笔没有余光中的单薄的顾虑,也没有因其生活,甚或命运发生了某种意义上的变故与转折而牢骚,甚至颓废;相反,他将自己的内心沉潜下来,融入自然与日常生活,并在这样的生活里进行积极的探究与思考,从而开始了另一种人生。季周子在"后记"中也说:"写作是观照事物的内心。我尽可能地写到细微伤心处,写出事物的微小和疼痛,让人触摸事物平滑的肌理和心跳。"虽然是掩抑着的暗喻与象征,但仍然不难体会出历史与现实的复杂性,关涉人生与人性。

汪安民在《什么是当代》一书中论述道:"对福柯来说,关注现在,是因为哲学不再关注抽象的普遍人性,而是要关注此时此刻的具体的我们自身,最终,哲学要思考的要孜孜不倦地探索的是自我的秘密。对本雅明来说,关注现在是要抑制进步主义制造的幻象,从而戳穿一个未来的天堂所许诺的诺言,最终激发人们对现在和当下的敏感,进而在当下毫不拖延地展开行动,最终当下的目标不是未来,而是过去,是起源。"(新星出版社 2014 年版,第 109 页)季周子的随笔没有展望未来,却是如福柯与本雅明两位大哲所言,关注现在,关注自身的秘密,从而回到过去与起源。

       2018 年 6 月 30 日夜记于烟雨斋

目 录

故土的回眸与"乡愁"
　　——季周子"紫庐随笔"读后记　傅汝新 *1*

第一辑　檐　下 *1*

檐下看花 *3*

消夏二○一五 *8*

紫园小记 *10*

听花开的声音 *14*

园中园 *18*

菜园之乐 *22*

两个人的世界 *27*

亮着长灯的紫庐 *30*

我爱我庐 *33*

三十三相 36

落　叶 39

生命的隔点 41

紫园将芜 44

第二辑　书　斋 47

听　玉 49

一幅画 51

沐　斋 53

静下来 55

日常用品 58

精致生活 59

疏　影 61

佳　人 63

十三弦 65

磬　声 66

雪　落 68

偶尔小斋扮画家 70

菖　蒲 72

菖蒲续话 77

佛肚竹 82

半夏生·水金凤 84

听　雨 85

减　法 87

一帘花影 90

晚　雨 94

热　敷 96

铁　壶 98

雪　忆 100

第三辑　浅　饮 103

先　生 105

等　你 108

生命的叶子 111

王与后 114

肉桂老枞 116

喝　茶 118

茶艺师 120

周日茶禅 *123*

药　茶 *126*

若　悟 *129*

云水间 *131*

第四辑　小　食 *135*

秋水芙蓉 *137*

土　豆 *140*

白　菜 *145*

蘑　菇 *151*

豆　腐 *155*

汤子和馇子 *160*

巧姑菜 *167*

卤味的巷子 *173*

年腊月 *176*

第五辑　四　季 *183*

春　半 *185*

谷　雨 *190*

夏　天 *195*

夏夜即景 *199*

蝉的夏天 *201*

夕　晖 *202*

麻　雀 *203*

冬　天 *205*

第六辑　花　木 *209*

梅　记 *211*

雁来红 *215*

松　花 *221*

牡　丹 *226*

樱　花 *230*

金带围 *232*

壁　草 *235*

新世界庭院 *236*

小树林 *238*

梧　桐 *241*

柞　树 *247*

第七辑　吾　心 253

吾心如此 255

云状态 258

印　象 260

邂　逅 261

如是我闻 263

大自在 265

春滋味 266

深　秋 268

雪 269

眠琴绿阴 270

花自飘零水自流 274

记　忆 278

日　子 279

天行健 281

第一辑　檐　下

檐下看花

老树的画有民国情调,文章也有一点民国人的惆怅,这并不是不好。我也像民国人,常常站在檐下看花。我养了十几盆花,色好,形正,栽花的盆子也讲究,其中有两个盆子还是民国的旧货。器残了,韵还在。有一点岁月幽深的感觉。看花累了,就在小斋里看书,但不乐看有些人的书。有些人的书里没有阳光喜乐,阴森森、黑不溜秋一片,喜欢晒黑暗。就那么点破事,正面说三遍,反过来又说三遍,把一个社会说得遍体鳞伤,嫌不够恶心,再开膛破肚,把溃疡、霉变、癌肿,一样一样摆弄出来,一地狼藉,然后走人。哪个朝哪个代也都不可能尽如人意,看主流,有点擦皮伤贴一创可贴不就完了。骂完了,出个主意吧,没有。这号人当个班组长也不一定成活。汪曾祺好,说是最后的士大夫，不过。往少里说，他也受了二十年之冤。提起那些事，不咬牙，不跺脚，轻轻托一笔，过。他实在是热爱生活。让他去沽源种土豆，就种土豆，画土豆标本，写土豆文章；说种葡萄就种葡萄，那种葡萄的文章让他写得真绝。他总在观察，观察物事的美，花的美，然后用平实准确的语言写出来，让你有花的享受。

稍稍扯远了点，咱还回来说檐下的这株花。这株正在抠挖的花叫"二度梅"。它其实不是梅，是一株贴梗海棠。北方花少，梅更少。大概是开在梅花之后，有梅形，就叫梅了；又不在梅开的季节开花，就叫了二度梅。名是真雅，有梅开二度之意。十五年前，我在丹东一家画苑看到这株花，当时两株，一大一小。主人说，花是山东临沂种的，四月里，花开正盛，一树全红，把一个画苑照得透明。主人见我喜欢，就把小的一株送我。

我只有一片七十平方米的小院，东西各置一株藤花，已让小院云遮月掩。有一两处透光的树隙又插栽了牡丹、芍药。思来想去，那一株金红海棠就栽在园西的屋檐下，取名"小红"。好在那株海棠来时只有三岁，不占地方，说起来是婴孩或童养媳的辈分。花小爱活，当年就窜出两个枝条，如箭，直指檐下。第二年四月秀出一串金红，且红中渗着金粉，吐出黄蕊，十分显贵。我站在檐下静静地看，花的妩媚和树形都让我激动。树后有摞老房拆下的旧瓦，一棱一棱，很像时间的账本，那金红就在那旧瓦上浮沉，一点一点，一块一块，是时间的脚印。

藤花的季节很快到了，大家忙着看藤花，转眼藤花叶子就将海棠遮盖了，谁也不知道这里发生了什么。落叶的时候，我发现了一个长夏的阴谋，原先开花的两个主枝完全被藤花的枝条纠缠、封锁，也变成和藤花一样的枝干，七扭八歪，整株海棠树没见明显长高。老子学水，学水的柔软。我现在很怕柔软的东西，水是一个。近几年，家乡发大水，把我们坚不可摧的东西变成跳梁小丑，不堪一击；还有蛇，我有一次看见一条蛇吃一只青蛙，蛇慢慢地缠绕，蛙奄奄一息，蛇就将蛙整吞下去；还有一个是人，笑面虎，你不知道他心里想啥，软软的，恨你却满脸堆笑，我最担心抽冷子捅你一刀，不当场毙命，也是重伤。接下来几年的情形更糟，藤花势力扩张，它的枝杈完全是一条飞扬跋扈的八爪鱼，覆盖了整个西园。几年下来，那株金红海棠就日渐枯瘦起来，花也开得稀少。我偷偷照顾"小红"几次，单独给过"小红"台湾水肥，也不见身材长高。给藤花上肥的时候知道，藤花不仅在地面上呈席卷之势,底下的部分也盘根错节,形成攻守同盟。我想那些好水肥也该是让藤花的根系鸠占鹊巢了吧。我看着檐下瘦小的海棠,再看一看气势凌人的藤花,就想起了关羽和周仓。有一传说讲关羽用智得了周仓的青龙偃月刀,又将一只鸡的鸡毛和那只鸡一起甩过房顶,而周仓甩得汗流浃背,却连一根鸡毛都甩不过房顶去。周仓折服了,心甘情愿地给关羽扛了一辈子大刀,这也就结了。后来的好事者修庙,让关公坐正位,红脸绿袍,夜读兵书,凛凛正气,成为忠义化身,而本来吃了亏的周仓,依旧扛着那把大刀,这个扛刀的活时间可就长了。要是有谁去考证此事就是自讨没趣,考证也是白考证,人世间准会骂你颠倒黑白。周仓的案子怕是难翻。也正是"屋漏偏遭连夜雨",前年大雪,那半化不化的冰雪从檐上滚落下来,又将瘦小赢弱的"小红"砸个鼻青脸肿,主枝劈了,粉碎性骨折,只好截肢。去年春天,竟没有开出一朵花来,我想是年前的落雪伤了"小红"的元气,要不就是那场雪将它的花苞全部冻死了。那几日,我正临任伯年的扇画,有一幅画中有一条小舟,舟头坐一仕女,双手抚琴,目光怅然,看人物面容已是美人迟暮。原画无名,编者就给出个《浔阳遗韵》。一纸秋风,满目索然,比陈逸飞的《浔阳遗韵》惨淡多了。我就又想起那株金红海棠,想起"小红低唱我吹箫"的句子,就想不论如何找个好人家把"小红"嫁了。接近中午,三儿说,"小红"抠出来了,还好,根须完整。我找来一只平日装土豆的大篮子,用红布将"小红"的枝条束好。两个"板的"就将系着红布的花轿抬出园门,五六个人齐刷刷跟在后面。"小红"住我家十五年,嫁了,我送一尺红布,篮轿一顶,也算风光。

"主人,我在这里。"有女子叫我。我向前走几步,看见一大排青堂瓦舍,朱漆大门,上面全铆着金灿灿的乳钉。"主人,我在这里。"女子又叫。我看见庭堂张灯结彩,就感觉诧异。"主人,我要嫁了。"我去摸那大红"囍"字,所有的帐幔都变成金红海棠,我看见了檐下瘦小的那株,走过去,所有的海棠就仰起头,呼喊着,变成了团团烈火,烧成绚烂的霞。我大喊,却发不出声音。我终于醒了,满身是汗,右手紧攥着床沿,手心汗涔涔的。

消夏二〇一五

春来,忽发奇想,把二楼阳台封闭成屋。塞翁得马,焉知非祸?入伏,太阳直射楼顶。屋内本已燥热不堪,阳台封闭,风道堵塞,卧室变成桑拿箱。人整日汗流浃背,与桑拿虾无异。夜里躺下,蒸热不得入睡,让人想起白酒"闷倒驴",无奈只好到院子里纳凉。

风从园子里划过,像少量供应的细粮细米,把一块闷帘子吹开一道缝儿,透出一丝雪亮。身子凉了,回到屋里,没一会儿,热汗又上来了,没办法,再回院子里坐一会儿。反反复复,折腾半夜,什么时候睡着了,我不知道。人是灵物,我讨厌住楼,一上楼就与土地隔开,踩空空的楼板上,像高空作业,不踏实。

今夏特热,除参加婚丧嫁娶着短衫长裤外,其余豁出去了,连到市场买菜,也是裤衩背心。上午去采购,货架上挂着老头衫，叫住售货员问，五十元一件，花一百元买俩。路过土杂店，又花五元钱买蒲扇一把，工艺简单，经济好用。中午，我冲了个澡，换上洁白干净的老头衫，提着大蒲扇，坐小机凳，在门口乘凉。邻居老马女儿见了嗤嗤直笑，我莫名其妙，跑屋里照镜子观看，没毛病！自拍一张发给女儿，回一字："帅！"实在忍不住了，傍晚买空调机一个，凉席一领，嘎嘎新。空调打开，凉席在床上铺排板整。夜里十一点，进屋一躺，嘿，果然舒服！卧室的温度降下来，面积好像增大了，就觉得时间、空间都充裕了，眼前戳放了一大堆，随意用去。我反对定时，给自己下个套，赖时间点东西多有意思。喜欢贺知章老宰相的诗："主人不相识，偶坐为林泉。莫谩愁沽酒，囊中自有钱。"快意哉！我在家消夏，小园有树两株，一株紫藤，另一株也是紫藤。老茶沏一壶，把时间从壶里倒出来，好玩。

紫园小记

金角银边草肚皮。靠着金福康小区草肚皮的位置,有座黛瓦白墙的房子。这房子倒不稀罕,稀罕的是这房前的园子,一个不过七十平方米的巴掌大小的园子。每到春天,便有两片紫色的祥云飘在那儿,把所有的眼神都勾了去。弥漫的香气也自然而然地"统治"了整个小区。园主还实至名归地给园子起了一个雅号:紫园。

说叫紫园也不差,是这园子长着两棵紫藤。靠东边的一棵细一点,如女人的胳膊,花朵秀美,深紫色,唤作"公主",缠缠绵绵地卧在东边的墙上。虽说是藤本,靠西边的那棵却永远地立着,藤干粗些,有盘口大小。枝条遒劲,花穗粗壮,叫"霸王"。

那"公主"的娘家住在丹东,是园主从丹东的花市上买来的,栽在园里,便立地生根地活了。第二年,生下两串如辫子一样的紫花,散发着浓浓的香气。因为香气很浓的原因,客人来的时候,都会凑过去嗅嗅,并寻问花的名字。因这县城里以前没人养过,大家不认识,自然就新奇。

  有一年的春天,园主去一个叫大孤山的地方出差。无意间发现有一棵碗口粗的紫藤,竟生长在一个刘姓中医的家中。时至花开正盛,那园主傻愣愣地看着,直到中医推门,神才算定了。"这花真帅气,有名字吗?"他搭讪。"霸王。"中医的回答也仿佛如这花名般带着骄傲。"这名字好,卖吗?""想买?明年吧!"第二年,清明节刚过,那园主便来买花了。原先也只是说说的,这下可把中医打了个措手不及。末了,以八百元的价格成交了。于是那园主笑呵呵地付了钱,花二百元雇两个汉子挖,又雇了车将那"霸王"运回家中,栽上了,并做梦般地等着看花。一个月过去了,该是看花的季节,不仅花没开一个,芽也不见了。眼看大事不好,那园主就把搞园艺的大师请来了,好酒好菜地侍奉着。大师便解了锦囊,把树头上几乎所有的枝全剪掉了,"霸王"成了个掸子。临走的时候,还给那"霸王"挂上两个吊瓶,真像治病救人的样子。园主的母亲是一位手脚勤快的老人,三天两头地给"霸王"浇水，也用水泼着干和枝。一花一木总关情，大概半个月的工夫，母亲挺神秘地告诉园主："'霸王'活了！"又把尖上刚发出的芽子指给他看。

又过了三年，这园子便热闹起来。每年五月十日的样子，"公主"和"霸王"竞相开放，花团锦簇，吸引了小区的大人孩子前来观看，也有几个在那拍照的。那个时候，园主也会频频地领朋友客人回家。也没什么特别的事情，就是显摆呗。有时也会在花下弄上几个小菜，和几个朋友来上几盅，也是显摆。还不时让朋友抬头看看花，讲讲那花的来历，风头出尽。听着客人表扬的话，园主的妻子开心起来，偶尔也会在桌上多加两个小菜，算对客人的回赠，首肯男人的能耐。没人来的时候，园主会拎出一把椅子，端端正正地坐着，翻一本书。不是看什么，他要陪着这风景，别让这美景独自浪费了。

可惜那园主不是画家，几次比量想把那开花的时光留在纸上，留给永远，试了几次便放弃了。后来是一个省城来的叫雪松的画家成就了机缘，画了两个老人在一棵大紫藤下吃茶吟唱，并说这便是三十年后的园主和自己，听起来还蛮浪漫的。

个把月的光景，两片紫云便会在春雨中渐渐地散了。

秋天的园子也不寂寞。经霜之后，"公主"和"霸王"的叶子会慢慢黄起来。说得确切了，并不是黄，是金色，足金的颜色，像有光芒。那光芒是从叶子的里面射出来的，好养眼。秋风起了，那金色的叶子便会打了旋地落在地上，有时"吧嗒吧嗒"地像眼泪一样地落下。那金黄，没待几天就完全没落了。这时，你会看见，有一串串的大扁豆系在树上，像一把把梳子。这便是"公主"和"霸王"的果实。果实也不一样，"公主"的细长，"霸王"的短粗，整个的冬天都会在树上待着，陪着那些光秃的枝丫，也陪着那漫长冬日。当然，在这个季节里，园主会把"公主"和"霸王"的脚用稻草厚厚地裹起来，不然它们的手脚会冻坏的，也许会丧失生命。

许是紫气东来，几年之后，园主的女儿上了大学，妻子也当上了校长。园主呢？还是原来的样子，只是脸上的笑容较以前灿烂了许多。

听花开的声音

晚饭之后,我独自做一件事情,听一次花开的声音。

静静的紫园里,没有谁,只有我和这棵陈年紫藤。这是一种在亚热带、北温带普遍生长的藤本落叶花木。照理没什么稀奇,但要知道这棵紫藤应该是生长在它能接受的温度的最北极限了,何况它又有二十八年的树龄,是这个地区少见的耐人寻味的花木逸品。

每年大约五月初开始长出初花。初花有十厘米许,灰绿色,由许多粒子组成。每颗粒子外面还罩了一层薄薄的轻纱,里面却埋伏着驿动的心。那些正当青春的粒子,就是日后要开放的花朵。现在它们都好像睡在袋子里,养精蓄锐。我叫这初花"耗子"。三五天之后,一个个就会惊恐地探出头来,东张西望,好像对这世界十分陌生,然后慢慢地跳出来,诧异地咧开嘴。也许它们感觉到了,不久它们将离开温暖的小巢，脱掉曾经属于它们的披风。这时，整个花穗也会向前伸延一段，不过这时的串信子的确是最丑不过了。因为这些花儿是在不同的时间走出家门的，高低错落，参差不齐，也似乎很不礼貌，有点像低手理发师理过的头型，既不整齐也不够严肃，令人忍俊。这也许就是丑小鸭的童年吧。三天之后，这花儿便开始盛开，那才叫东风夜放花千树，或者千树万树梨花开。不过我的花不是白色的，也不是大红和胭脂，是那种紫红。怎么说呢？是那种有点媚俗的红里加了有修养的紫，让你不作俗想，肃然起敬。花儿能盛开十日左右，如果不赶上雨天，或者不上足水，也可持续二十日。这是它一生中最妩媚动人的时光，不是少女的纯洁，而是少妇的丰满和优雅。再后，花色便转成蓝色调，那种有些苍老的蓝，这时，花儿也便要谢了去。

今夜是五月十三日，那些花朵大都脱去了披挂的霓裳，作含苞待放之姿。我计算怒放当在今夜。傍晚，我又特意在花根部上了水，给它们足够的水分。我知道，花开需要能量，有能量在怒放的时候才不至于口渴心慌。为了准确起见，我站起来，仔细地观察了我头顶的一串。一整串的花朵几乎都拱出了轻纱，细腿高挑，顶着绯红的小脸蛋，俨然一出大戏的后台一个个即将登场的小小舞者。这多年轻，年轻多美，年轻才更有梦想。我想起我的年轻，也如这花朵，对未来充满希望。我再一次看着这些小花，它们都满怀希望，可是希望都能在今天夜里实现吗？我想起了那些曾经的童年伙伴，走着走着，就掉队了，而今已相去甚远！我不想做不好的猜想，我希望它们全都开放。我想记下它们每个在今夜的样子，可我记不住，最后只记住了它们的大体形象和整个串子的轮廓。

我看了表，现在是夜里十点钟，借着屋檐下微弱的灯光，环视所有的枝丫，与傍晚时没有明显的两样。那就等着吧，反正今夜是听花开的声音。紫藤花多为紫色，意寓紫气东来，是不是也在子夜开放呢？我自以为是。忽然，有一袭温凉，像风又不是，风不会这般轻盈和温暖，且有优雅的淡香和着。我知道，一定是它们来了，是花开的声音。我仰起脸，轻轻地闭上眼睛，听花的微笑。很奇怪，人的一个器官关闭了，邻近的器官立刻发达起来，兴奋起来。一滴两滴，那些花儿愉快地微笑，如小小的福滴轻轻滴在我的脸上，如婴儿的抚摸，如鱼鳞一样的轻轻小浪，羁绊着，拥挤着，在窄窄的通向T台的路上。这些舞者频频地登场，慢条斯理的，花枝招展的，矫揉造作的，疾风骤雨的，百态千姿。那些薄薄的霓裳一会便被穿透了，撕碎了，落到花上，荡到枝上，最后很不情愿地卸甲归田。再来恐怕是明年。

我只是想着这些花儿，这些竞相努力的花儿，有的兴奋得甚至赤裸着胴体，那声音如水如雾如虹，就这样笑着，在这月明星稀的初春之夜。这是生命的美丽，这是生命的歌唱。我不打算睁眼，就想这样静静地听着，静静地感受和感悟，这低回，这高亢，这千呼万唤的合鸣。谁不想为生命感动一次呢！我是担心睁开眼睛的时候，花儿便羞涩了，便停止了呼吸和微笑。因为我不睁眼睛的时候，花儿看不清我究竟是护花使者还是采花大盗。如果当真停止了，我是何等罪过。蓦然，有一滴很小很小的微笑向我走来，如轻盈的翅膀，走近的时候，我看清了，那是我的童年。有一两颗好像是父亲和母亲的，恍恍惚惚，并不真切。我被此起彼伏的笑声包围着、簇拥着，唯一能做的，便是与这些微笑握手，深情地，好像多年的相逢和深深的别离。也模仿花的笑声，愉快地舞蹈。

有一点凉，我意识到我是醒了。我不敢轻易地睁眼，今晚的使命我是记牢的。我再一次聆听花开的声音，不再吵闹，像一场大戏刚刚结束，人影散乱，有稀疏的笑声和步履声，如光影一样地散了，远了。

慢慢地睁开眼，天色微明，没有满树婆娑，但已花开半树。已经很满足了，今夜听花开的声音。

园 中 园

照理说,我的紫园原本还是颇具中国园林意韵的。两棵树,两棵传统美学意义的紫藤树很写意地划分着七十平方米的空间院落。如一幅中国画,色彩淡雅,密不透风,又疏可跑马。这毕竟是近十年的打磨和坚持。但谷雨之后,原先紫园的局便打破了,挤进一个新的小小的族群。是征得我同意之后,妻子在西边靠"霸王"脚下的地方新辟了一块小小的菜园。

这段时间,妻子一直在苦闷和无奈中寻找着、试探着。她原是一个忙人,现在一下子闲下来,真有些不知所措。别以为我是大男子主义,美善是人的本性,男人嘛,最需要的是胸怀和吐纳之功。也算是在我的建议和撮合之下,那块不足五平方米的小菜园便安家落户了。但问题也接踵而至。"霸王"已经二十六岁,发育得五大三粗,蓊蓊郁郁的枝丫把所有的阳光照单全收，小小菜园在"霸王"脚下相安无恙地长大又谈何容易！万物生长靠太阳，没有阳光的照耀，长出的菜苗像蚊子的细腿，特别滑稽。我爱我的紫藤"霸王"，但在妻子和"霸王"之间，我当然更顾忌妻子的感受。我如救世主一样，拿起剪刀前来解救困厄中的小小菜园。这一次不是美的整理，是根据菜园生长的需要忍痛割爱。在我剪刀的铿锵和"霸王"的唏嘘短叹中，小菜园终于有了一块自己的蓝天白云。善哉！而回头看看，"霸王"那肥硕宽大的身体却瘦身到了极限，短衫紧裤，紧贴在身上，头在门楣之上，深情不解地回望着脚下的这一片郁绿到底是何等来头？

一个新生命，一个弱小生命的长成是需要庇护和让步的，甚至需要周围生命做出牺牲。我读过蒋勋先生讲过的"桐花祭"的故事。每年四月，台湾大片大片的桐花开放，到处是一片片的雪白。你只要在桐花树下稍稍一站，便周身落满洁白的桐花。附近的地上也是一片生命的雪白，让人心生怜悯。原来桐花是雌雄同体的，雌雄花在树上授粉，授粉的雌花日后方会结出油桐果。可树上的养分是有限的，所以伟大的雄花就会做出牺牲，在授粉后的一夜之间全部悲壮地零落，才换得油桐树的繁衍。

  我和妻子共同走过大学之后的三十年，三十年创业持家多有不易。尤其是我总愿在生活和工作的强音点上，居高临下。妻子的才华和形象完全被我淹没了，慢慢地，她退到了生活和工作中最不经意的角落，用她的牺牲和忍耐默默地支持我的事业。她几乎忘了自己，忘了自我的模样。退居之后，再回过来寻找那个自我，是何等迷茫。最后，她回到了生活最最朴实的原点，在我的紫园里开一块菜田来打发多余的时光。在生命之初的柔光中找一点慰藉和温暖。其实，我猜想她的这种选择一定也有另一个原因，是靠在我的胸前背后得一点支撑。这颇有点像亚当用肋骨造夏娃的故事。其实这事情对我也何曾不是正中下怀？有时特向往远方的风景，但一周左右的奔波之后，就觉得似乎舍近求远，这世界最美的风景就在身边。年轻的心总向着高处，向着遥远，就把身边的美、身边的伟大忽略了。

  也许是老了，现在，我打怵出差，出差就想着回来。昨天夜里，我陪妻子一起散步，重又谈起许多年轻的话题。那时的许多疑惑而今早已茅塞顿开，和着初起的秋日凉风也略略地感悟人生的淡然。生命其实是有两个世界的，平常人只在一个世界里拼命挣扎，追求着无边的物欲和功名。侥幸追到了，却更加迷茫。这是什么？这是我苦苦追求的模样吗？而智者早已改弦易辙，在精神世界里自由地行走了，不以物喜，不以物悲。优哉快哉！散步之后，我们又在院子里继续话题到深夜。透过院子里的空间看上天的星星很美，很自在。看紫藤树下日渐长大的一个小小家族，一股惬意，如年轻的爱，流遍全身！我夜半的紫园哟，我的心是这样放牧着！前些日子，还文人雅士般地清高着，现在，也像乡下人一样堆起了一大堆各式各样的农具，居然也世俗了许多。但俗得踏实，俗得满足。其实也不是俗，是一种变化，雅俗共赏。几分阳春白雪，几分下里巴人，就这样映衬着，用不着分出谁高谁低。世事无常，人生无常，角色是可以转换的。紫园的格调也可以起承转合，不算与时俱进，但求随遇而安。想着想着笑了，妻子懂我，也笑了，并掏出手机，"咔嚓"留念。打开看时，三分墨客，七分田人，半俗半雅，索性题上两句：

　　小院看花春经雨，
　　紫庐读诗秋待霜。

菜园之乐

白露之后，妻子的菜园已经开始源源不断地收获了。捷足先登的当然是白菜，末伏捻种，立秋前拱土，现在两三棵便能轻轻松松地把一个大盘子装得满满的。大白菜播种那天，可能是妻子在紫园的菜田中种下的第一首诗。她像孕育女儿老肥一样，渴望着生命的迸发和创造。白菜拱土时，妻子兴奋极了，她好像读懂了《般若波罗蜜多心经》，读懂了庄子的《逍遥游》。一棵棵初生的菜苗齐心协力地举起压在它们头上的泥土，经历千辛万苦，崭新的生命与阳光见面了，与紫园见面了，与妻子见面了。妻子和我将以怎样的柔情和亢奋去迎接紫园新的生命，你该想到的。

茼蒿也破土了，它的芳香是傲慢的，个子高挑，像舞着伦巴的西班牙女郎。香菜是保守的，以传统的中国味道与时俱进。菜园热闹了，妻子也忙碌起来，浇水、间苗、锄草、施肥，一样都少不了。生命与生命之间是可以关照的，看着菜园里一天比一天旺盛的生命，妻子的精神也饱满起来。先前的小小萎靡竟不翼而飞。

小时候，家里也有一块菜园，那是人民公社时代，家里唯一可以拥有的一块解决一家人吃菜用的菜田，算一算，也就是三分地的模样。春茬土豆豆角，秋茬白菜萝卜。为了稳产高产，家家户户基本一个模式，偶有哪家种一点葱、姜、韭菜之类已经很稀罕了，哪里像现在妻子的菜园只是为创造一种生活的意趣和让劳动成为需要而生。赶上秋旱，为了不至于在接下来的一个漫长冬天饱受无菜下饭之苦，清早和傍晚，母亲就会领着我们哥仨从大口水井里提水浇菜。先用井绳将水一桶一桶地提出井面，然后再一桶一桶地浇进白菜田里，全是力气活。手压水井是后期才有的，用水泵泵水就更天方夜谭了。遇上特旱的年头，打水浇菜几乎是一秋的活计。但是看着菜园里的菜一天天长大，心中就泛起一阵阵麦浪似的甜。白菜是"百菜之王"，不挑地，即使在比较贫瘠的土地上也很高产。当然有大水大肥就更棒了。好白菜一棵能长到十六七斤重，一亩地打下万把千斤的菜也稀松平常。

白露忙割地，秋分无生田。秋一深，大田作物成熟，一副老气横秋的样子，苍绿的就只有一家一户的菜园了。菜园也是那时的风景，在秋天最后的日子里，挂起挑战者的旗帜，宣示着生长和生命的继续。那绿是耐人寻味的，确切地说，绿中还隐约着白，隐约着黄，有着春天暖阳的色彩和光明。那色彩和光明是细嫩的，细嫩到让所有的坚硬都臣服起来，仿佛未来的一切希望和美好都囊括了。特别是在月光朗照的夜，一层薄薄的氤氲之气就如纱似雾地泛在菜园上。也许是温度和温差，也许是月亮和菜之间有了一种莫逆，在这个特殊的夜给菜一种月光的能量。姑且叫月光肥吧，那菜园中的白菜、萝卜就会疯长。千万不要小看月亮，路遥写的《平凡的世界》，有许多事情都是月亮惹的祸。月亮引起了潮汐的变化，引发了李太白的醉酒和抒情诗。不过诗兴只有李太白之类才有，普通的醉汉只能想起肥肠和火腿。回想起来，那时的月亮、菜园和园主也是最好的朦胧诗，最美的水墨画。有时，我们很乐意到经典中找美，而绝美就在身边，就在自己不曾留意的生活角落。一方菜园不仅仅是丰年的物质满足，更是生活之美的浪漫写意。一片泥土和一棵菜包含着删繁就简的生活美学和艺术哲学。

植物需要阳光、空气、水,人需要不断地吸收营养和创造美好。别以为五十岁就结束了,一切都才刚刚开始。你若芬芳,便有蝶来。梅开二度,生命和艺术可以多次芬芳。读一读印象派大师莫奈的人生,你会为生命和艺术的一次次绽放而感叹!

第一次间的菜苗很小,妻子也没有舍得将它们扔掉。她如获至宝地将这些小小的菜苗冲洗干净,认真地咀嚼着,这是妻子自己的创造所获。她品味生命的味道、生命的色彩、生命的光。她的脸上洋溢着温暖,眼神与初升的晨光交融,将爱和幸福送出很远。

上午,三弟来了,在妻子的菜园边上谈论了很久。妻告诉三弟,有了这块小小的菜园像有了一种新的寄托,早上起来,或是出门回家的第一件事便是到菜园边看看,心情爽快多了。昨天夜里老李和傅掌柜也来看了,四个人坐在紫园边上喝茶,听我朗读《两个人的世界》,还录了像,你看看像不像夜宴桃李园?我探过头去,瞥了一眼,傅掌柜低头不语,是听我的朗读,还是想些风月无边的事呢?最上镜的算是老李,可惜老李是李德秀,要是李贺、李商隐之类就牛死了。老三眼尖,告诉妻子,她种的白露葱和冬菠菜也破土了。可不是吗,虽然弱了一点,但它是生命,最初的生命,生命是要成长的。这个冬天,妻子也不会寂寞了,她知道即使在皑皑的白雪下面,仍然有生命的积蓄。春暖花开,第一个郁郁葱葱的必然是紫园中妻子的菜园。

老三提议用妻子菜园里的小菜包顿饺子,妻子和我欣然响应。很快饺子上桌了,冒着热气腾腾的浪漫和愉快。老三和妻子连连叫好,有点夸张,但真的,我也觉得好。享受生活是美,享受自己创造的生活更美!

两个人的世界

推开房门,立刻感到室外空气的凉。与半月前相比,室内室外的温度已是泾渭分明。天色灰蓝,一个季节的革命已兵临城下。

秋天已渐成气候,它已经可以用自己的力量,轻而易举地将紫藤于春天最先长出的叶子染成淡黄,再用风的柔手将片片淡黄轻轻搓捻成金黄、褐黄,然后慢慢地又交给芬芳的泥土。黄和绿对峙着,多寡短长已经不计了。秋天的气势咄咄逼人,不可能改变,也不存在一种改变的力量。妻子的菜畦依旧苍绿着,一幅青春盛开的颜容。

十点钟,太阳跃上紫园前面的两层楼房,光线准确地射进窗子,但日影很短,没有给出温暖,只是照耀着,被动地履行着某种责任,效果和成绩似乎与它无关。它好像一位远嫁的女人,这片生养她的土地不再属于她,她走了，这块土地上今后发生的任何事情与她无关。或者她已经走下那曾经熟悉的舞台，她是之前那个时代的舞者，现在谁是舞者，舞得好坏优劣，唏嘘与掌声与她毫无关联。她甚至连观众也不是，她已经听不见舞台的疯狂与喧闹，她现在熟悉的是另一个无声的世界，与前面世界的因缘已一笔勾销。

紫园越发静了，静得只有我翻书的声音，偶尔传来妻子一个人的摘菜声。光阴好像逆转了，我想起许多年前，祖母准备一家人的午饭，我一个人写作业，不时有饭菜香味飘入鼻孔的情景，与今日何其相似。不过，那已经是四十年前的事情啦！

今天是星期天，早饭之后，我为妻子泡了茶，她一杯接一杯地喝着，夸我泡得好。妻说，我不在家里，她一个人怎么也泡不出茶的甜味和香味，这应该是真的。从小长官的位子上退下来，还没有完全适应退职之后的寂寞，心神未定。没有茶心的人想泡出茶的真味难啊！所谓茶心，就是静心、包容之心。静静地等待水开，慢慢地温茶、解茶。以什么样的水温冲泡，多大多高的水流注入，都因茶的品质而定。比如泡老班章，水温太高，会把苦涩逼出来，而泡老黄叶，又需要高温，否则叶梗的香气就会赖着不出。一壶茶的前中后出汤时间也是不一样的，浸出物多时，出汤要快，慢了，茶汤便酽了；浸出物少了，就得包容，多给些时间，让茶香自然而然地叙说。喝茶是情感的体验和交流，也是情感的寄托。茶由我泡着，我执掌乾坤，妻便踏实，茶也喝得安静、滋润。

近几年，我常常出差在外，为弥补不在家里的时光，每次出差回来，都要亲自为妻子、女儿泡茶，算作补偿。我也明显感觉到，我在妻子和女儿心中的地位和作用，似乎显赫了许多，重要了很多。其实我有什么？一个小吏，挣不了多少钱，写些打油诗之类的文字也只能在自家发表，一个普普通通的男人而已。反过来想想，妻和女儿也很普通，因为血缘和姻缘，三个人凑到一起很是幸福，很是热闹。情感是语言和动作的堆积，堆积多了，难免藕断丝连，所谓日久生情当如是说。

妻子的饭菜好了，我放下岩井俊二的《情书》直奔饭堂。呵！四菜一汤，金黄的小米干饭，全是我的所爱。我想起广东朋友讲起的从前三姨太给广州老爷煲汤的故事，有道理，真有道理。看来有记忆的不光是大脑，胃口也有。我似乎一下子找到了五十岁之后总乐意回家的答案。我向妻子要了酒，对酌，小城的中午，两个人的世界。

亮着长灯的紫庐

门灯,一擦黑儿便亮了,熄灭也是最后,那是我的紫庐。

我喜欢灯光,喜欢灯光在紫藤里穿梭、切割,像喝醉了酒,朦朦胧胧,仿佛有半句诗,一幅画,一支横吹的洞箫,有情有意。夜里从外边回来,看见灯就看见了温暖,家的幸福扑面而来,所有的苦累都化为乌有,作鸟兽散。我的心思不仅如此,还有每天入夜在我庐前嬉戏玩耍的一群娃。说来也怪,占地五万个平方米的金福康小区,宽一点的地有,窄一点的地也有,孩子们偏偏爱来我家门前耍。那年女儿老肥正准备考大学,吵吵闹闹,我怕影响女儿学习,想撵娃们走,请求女儿老肥吧,老肥连连摇头,说啥也不允。同我一起遛弯的老李一见娃们叽叽喳喳的场景便挪不动脚步,地理先生似的左顾右盼,然后煞有介事地对我说，人气旺，好风水。好风水那是自然，不然何称"紫园""紫庐"。紫藤树在它生长临界点的北方小城扎根落户，呈一树锦缎的也算凤毛麟角。但重要的还是我家门楣上那盏常常亮着的门灯。灯给孩子们光明，不至于在黑暗中摸瞎，使有趣的游戏和玩耍能进行下去。灯给孩子的心以温暖，至少在孩子的心里这家人是客气的、善良的、包容的。包容了争吵喧闹，包容了打骂嬉笑，包容了他们将亮着灯的门口糟蹋得一地狼藉，然后扬长而去。第二天傍晚，故伎重演。这些我都习惯了，这是我家独门的风景，我像阅读林海音的《城南旧事》一样，品读这里入夜发生的一切：下腰、占国、跳房子、木头人……有些是我曾经熟悉的，有些推陈出新，改头换面了。皮球和毽子也偶尔误入我的紫园，娃们呆住了，不敢叩我的园门。我笑眯眯地拣起，如数奉还，顺便套套近乎。起初娃们视我为贼，怕窥探他们的秘密；日久天长，娃们都喜欢我了。今年入秋，"大眼睛"被妈妈送进了省城中学，"竹竿"也搬走了。似乎三年左右的样子，娃们便在我的门前毕业，又换一茬新的。他们在我的门灯前长大，走出金福康，又走出很远。我看到了成长的风景。

　　早起的第一件事情，我便打扫被孩子搞凌乱的门庭。看着喝空的奶瓶子，撕碎的食品包装袋，剥掉的果皮，我的心好甜。昨天夜里娃们玩得一定开心。这是娃们的暖窝，娃们青睐的世界。我总觉得自己没老，也刚从孩子堆里爬出，但在孩子的眼里我是老了的。这件事我们还没有解决，人类无法回到过去，回到年轻。能回去的只有梦和回忆。现在还不是娃们回忆的时候，等他们有了回忆，可以回忆的那天，他们是否还想着金福康，想着那个亮着温暖长灯的家门，有谁会不会朝花夕拾，写一篇《紫藤人家》，或者画一幅《福康闲居图》，那时我真的老态龙钟了。

　　我轻轻地扫起昨夜的欢笑，门前又是一片平静。今夜，孩子又有新游戏了，或者重复昨天。

我爱我庐

刘皇叔访卧龙诸葛孔明,谓孔明先生的宅院"茅庐"。蒋大总统在庐山造别墅,名曰"美庐"。我附庸风雅,把紫园两间小宅子取名"紫庐"。

通常在夜里十点钟左右,我会带着妻子在金福康小区的方形广场上遛弯。特别小的一个广场,大概两百步的样子。我非常乐意走在紫庐对面的位置,从这个地方看紫庐特别的美。尤其是初春时分,长串的紫藤花爬满园墙,那是我家"公主"的杏眼蚕眉。在夜里柔和的灯光照耀之下,愈显优雅和妩媚。紫藤的枝丫也将白色的墙壁分割得钟灵毓秀。每次看时,心中都会涌起阵阵暖意,心想金福康小区全部风景就藏在这里,最动情的故事也在这儿诞生。早晨上班之前,我会多看一眼紫庐,那么美,我高兴紫庐的主人是我。下了班,我又会无限爱怜地欣赏紫庐,青瓦、白墙、绿树。我轻轻按下门铃，妻子满面春风地开门，接过我的公文包，那意思是说，主人回来了，欢迎！

节假日、星期天，我就窝在紫庐。剪一剪树，浇一浇花，清扫一下刚刚飘下紫藤树的落英和黄叶。有时也清理一下室内物件上的灰尘，把物件适当地换一下摆放的位置，整理一下茶几上放乱的书，把果盘抽巴的水果丢掉，换一茬鲜的。心趣爽朗的时候，还楼上楼下地擦一遍地板。看着小室干干净净，物件整整齐齐，我会特别开心，时常还会获得妻子和女儿的一顿夸奖。嘴上不说，心里也是屁颠屁颠的。

紫庐让我平衡了工作和生活的快慢节奏，慢下来让我回到从前，用过去的方式、速度去感受事物，感觉空间和时光。我是觉得在紫庐的时候，生命的长度和厚度都增加了，让我充分享受了美好，触摸到美好细细的绒毛。

远在北京工作的女儿老肥，最近总是不断地提醒我和妻子她国庆节回家的信息。北京有高楼大厦，有大超市，有剧场，有艺术馆，有各式各样的小吃，可怎么也割不断女儿恋家的心。她说北京再大，生活的也只是小小的空间。北京的人熙来攘往，她更感觉孤独陌生。我骂女儿没出息，在北京学习工作几年了，还没有融入，家有什么好想的。另一方面我也窃喜，这个小小的紫庐肯定是很温馨，很幸福。还有妻子可能是最慈祥的母亲，而我也极可能是最棒的父亲。还有呢？妻子马拉松式的一顿饭菜，但味道鲜美，绕舌三日不绝矣。老肥自己呢？一次又一次赖在床上，叫一遍不起，再叫一遍还是不起，那可是真正的赖皮。当她睡眼惺忪地站在紫庐门口伸懒腰时，我正提着秋白桃和五香花生从门外回来。太阳蹿出好高，今天好天气，我相信女儿老肥的心情也和天空一样透明和放松。

　　我有两个世界：一个是快的工作的世界，开会、讲话、接访、汇报、听电话、谈项目、陪客人；另一个是让我慢下来的世界，那就是紫庐。在紫庐，我和妻子、女儿一起挑选山野菜，晾晒粗腿蘑、鸡蛋黄、猴头菇、板栗、榛子、核桃。离开土地多年，还是土拉巴叽的样子，还是自觉不自觉地用各种渠道与土地亲近着。一家人在紫庐说笑，在紫庐看星星，看月亮升至中天，身体凉快了，才到楼上去睡。我在紫庐里宴请过朋友，谈过诗，论过玉，涂过鸦，朗读过那些写给妻子、女儿和自己的文字。紫庐给我在喧嚣的小城向田园开了一扇窗子，让我一次又一次亲近土地，亲近树木、蔬菜，让匆忙的心慢慢沉下来，再沉下来。让烦恼和躁动像冻梨一样疏解，有心情、有力量去发现紫庐的美，欣赏美的紫庐。一千七百年前，陶渊明弃官结庐，有"孟夏草木长，绕屋树扶疏。众鸟欣有托，吾亦爱吾庐"，而我之于紫庐亦当不逊于斯。

三十三相

那年春天,一直出差在外。回到家时,已错过藤花的季节,便后悔不已。要知道藤花每年只有一次短暂的开放,我在藤树下徘徊数日,想象花开的模样,并打定主意,藤花再开时,我会把那长长花穗子悄悄地收藏几串,待到花落了,细细地品看。花的青春不常在,便留住曾经的青春容貌。很快,我发现我的想法很错误,一切都没有走哇,一切都没有变哇!花开又落,落花的地方又长出长长的扁豆荚,又长出长长的叶子。紫园只是换了一种模样。"公主"和"霸王"依旧留在我的院子里,陪我说,陪我笑,陪我瞧着圆了又缺,缺了又圆的月亮,送我一次次出门,也迎接我一次又一次的回家。小时候,祖母给我讲过,观音三十三法相,这紫藤"公主"和"霸王"也岂非有三十三相,一年二十四节气,分别以不同的相存在着。

也是一年的五月底,我出差回来,一进门,"公主"和

"霸王"一反常态，都垂头丧气地立着。我惊慌失措，以为出了很大的事情，仔细一问，是保姆有事回乡下去了，家中只有远房亲属看着，她知道我平日爱花如命，加上我岳母大人的谆谆教导，她的使命自然是看家护院，关于花草树木一类的事情当然不敢沾边。眼看"公主"和"霸王"一天天地干枯至黄，却隔岸观火，不肯轻易出手浇水。我恨自己爱花，反倒害了花。我放下行李，赶紧将石缸中的宿水慢慢地舀给如饥似渴的"公主"和"霸王"。舀了一会儿，又停下来，等待"公主"和"霸王"消化，差不多了，再舀，如母亲喂养刚刚断奶的孩子。夜半，我睡不着，打开灯，再一次看看"公主"和"霸王"，我激动得要流出眼泪，软绵绵的叶子已经挺拔起来，慢慢浮出往日的精神，我的心也润湿了，湿润中潜着深深的微笑和眼泪的辉光。好神奇的主人！我竟用我的手拯救了两个垂危的生命。过后想想，这不也是"公主"和"霸王"众多相中的一相吗？

也许是经历过一次生命的劫难，更知生命可贵。也许是有了那次的痛心疾首和惊心动魄，我对"公主"和"霸王"愈是小心侍候。那年夏天，我破例为"公主"和"霸王"上了两次肥。投之以李，报之以桃，像注入魔力和灵光，那"公主"和"霸王"便疯长，好像也给我一个满意的回馈和报答。有许多郁郁葱葱的枝条竟抽出两丈多长，爬满我和女儿老肥卧室的两个窗口。像是过分的亲昵，也像精灵古怪的探子，探我和女儿老肥的心思，探妻子身体逐渐发胖将用什么办法狙击。太过分了，太闹腾了，我决定剪断那些不安分的触角。下剪子的时候，我的手是抖的，我知道它们会痛，我也痛，我甚至断不清哪一枝是主脉，哪一条是侧枝，它们都一样地努力，一样地茁壮，一样地美。我不知道哪一枝在未来的日子会成长得更美，会成为紫园最佳的风景。我注意到了，那一年夏季，即使在我剪断的枝条上也都重新爆出新芽长出新枝，有些枝丫甚至像鸟、像龙一样凌空飞起，然后又非常准确、非常依恋地落在紫园的门楣和窗口上。生命旺盛的精力和非凡的创造力量在紫园中交替演绎。

　　我想起早年日本京都千本安居院的和尚送茶道大师宗旦椿树花的故事。花送到宗旦大师的手中，花朵已全部陨落，只剩下一柄空枝。宗旦大师笑了，请小和尚吃茶，深深地谢他。看花开是我的缘，惜花落是我的分，人与花之间能遇见便是缘分。相处多久，如何相处也要看缘分。相遇了，哪怕很短，也要珍惜，哪怕只开花一次，只看一次花开，那也是一种美，一种禅。作如是想，我觉得那淡紫色的花还开着，如光，如智慧，如佛，那长长的扁豆荚是花的另一种状态。"公主"和"霸王"日日花开。

落 叶

一夜秋雨。晨起,便看见落了一园的叶子。或蜷曲,或舒展,以各不相同的姿态存在着,如诗。

叶子在春天里悄悄地萌芽,由淡紫、白绿、黄绿转而浅绿、翠绿、深绿,再从淡黄、深黄,到褐黄,变幻着,给园子无数美丽的风景。想想,真是不可思议。叶子似乎为美而来,又为美而去,毕其一生都在演绎着美的生命和生命之美。现在,叶子的生命行将结束,仍然带着微笑,带着安静和从容。我不想在它们一生的美丽中画一道丑陋的伤痕,只是用笤帚将它们轻轻地掸起,如掸起一丝羽毛,一粒红尘,还以一种美,一种感动和尊重。我再说一遍,这是雨后的清晨,空气新鲜,而落叶如粼粼波光下的小鱼随波起伏,可惜它们已经停止了呼吸。紫园只有我和叶子。

这么写是不是过于悲凉，不是的。生命从诞生的那天起就隐蔽着孱弱和恐惧，无论是叶子还是其他生命，都需要躲过无数的对手和天敌。悲悯是对生命美的态度。生命之美从来需要用悲悯之心垂怜与呵护，并为一颗悯人悲天的心欣赏。看看你对自己生命健康的态度，就知道了，你已经关注生命之美和美的生命。即使生命不再轮回，我们也已经有了生命的延续。再看看你对儿女的爱，爱得如此认真，你企盼生命长成，你送生命走出家门，又盼望那些生命平安归来。人的欲望没有止境，欲望催生了科技，催生了财富，也催生了杀戮和战争。也许只有美，只有对生命之美的尊重能让仇视和敌意停止，能使人性的坚硬化成柔软。美也许是这个世界最后的平衡力量。

清理落叶是感受生命的过程，是感受生命之美的静静陨落。美的东西也要结束，那就好好地爱吧，珍重每一次爱的过程。让爱在心中叠加，人生会变得无限美好。

以生命的谦卑对待落叶，也以同样的谦卑享受生命的微不足道。清理落叶是心灵的自我净化，关照自我，关照生命的本真。

生命的隔点

花就是花。院子中的两株红芍药经不住暖阳的一再诱惑,终于抛头露脸,这是今天早晨的事。花芽与将来要开的花一样,也是红颜色的。这期间,它们一定经过了无数次的努力。我感喟,这两株红芍药每年都会在春日里生发,说是年年岁岁花相似,其实已经不一样了。起码有年龄上的差异,它们自己不知道已经在冬天死过一次了吗?红芍药这种生命的周而复始应该算作成长还是轮回呢?说轮回也没什么错。去年发了十二棵,今年也许是九棵,也许是十三棵,说不定还更多。它们已经不是去年的花了,它们有去年的影子,但绝对不是去年。去年的已经在深秋中老去,在大雪中枯萎,正在腐烂。我遇见的应该是轮回的崭新生命。每一次见面都是新感觉,每一次微笑都是头一遭。它们和人不一样,人始终在四季风中撑着,不然也不会说:"人生一世,草木一秋。"这样想,我小院中的两株红芍药当是今年春天的不速之客,它们是接替昨年的缘分才在小院中与我相见的。我应该及时地打理它们,给它们浇水、施肥,它们才会回我以漂亮的花朵和醉人的芬芳。今年的小院就是它们的了,而明年又不知是哪一位了。茫茫人海中,我们也会遇见一个人,男人或女人,有时只是一个擦肩,一声叹息,一抹笑靥,再找已经寻它不见了。回头想想,自己也怀疑那究竟是一种真实,还是一种恍惚。以前我们不懂得珍惜,时光走远,它一定不会倒转,不可能再回来了,现在想起来,还是那时好,还是她好。现在也很快变成那时了。五十多岁的人不耐混了,过六七年就退了,别以为还有多少力量和魅力,六十就奔七十,人生七十古来稀,八十是熟透的瓜,不知道哪天就走了。再来,是另外一次。你不认得我,我也不认得你。老李说:"不知不觉退休三年了。""这也没结束呀,还得把你砸到泥里。"我是气他。时间像一条黑色的河,很大,由无数的生命堆积起来,要准备无数的生命去填。我们曾经送走了多少亲人和朋友。以前说一年之季在于春没太在意,现在觉得深刻,古人讲多子多孙、多子多福,实际上讲的是人类与自然、与时间的对抗。有一种鱼的名字叫

"多春"。这个名字好美，好有力量，生命的权力始终由自己攥着。还有一种树叫"椿树"，长香椿芽子，用香椿芽炒鸡蛋，去瘟壮阳。我的许多朋友和同志名字也带春，什么春，春什么。一种美好的象征和祝福，让人羡慕。

有了春，就有了希望。有两句诗："沾衣欲湿杏花雨，吹面不寒杨柳风。"春来不来跟雨和风没半点关系，都是太阳招惹的福祸。秋分之后，太阳的直射从赤道开始南移，给予北半球的能量越来越小。等到了南回归线，就是强弩之末不穿鲁缟，北方一片冰天雪地。现在好了，太阳光线北移，又给生命力量和机会。生命是时间的线段，时间是生命的永恒。春是生命的隔点，它在这个点上要准备足够的生命供时间消费。春挺不容易的，生命十分伟大。从现在起，雌性的都该称春，雄性的都应喊阳，太阳的阳。

紫园将芜

我立在门口看我的紫园。紫藤树吊在两个角落,仍然没有春天的消息。有谁又能想起它们披红带紫的模样!世上的事物都有颇多面具,那你知道现在的紫藤树和花朵盛开的紫藤树哪一个更真呢?是现在吗?那么哪一个更美呢?我选择花开的那个,它把不如意包裹起来,给你一个笑脸,一个春天的笑,一种美,让你的心美起来,好起来,不做沮丧的推测。世上的事物都是美的吗?甚至十全十美?不是的,果真这样,美还有什么意义!这时,我会想起我的母亲,勤劳善良的我的一生一世的唯一,她已经走了十年了。春节时,我去祭拜她,她就静静地睡在黄土的下面,那堆黄土啊已经生长了草木,和周围的山石融成一体。"亲戚或余悲,他人已亦歌。死去何所道，托体同山阿。"春天，那黄土的上面也有小小的花朵，晚秋则落下一枚一枚霜枝和松果。

　　我又想起这个世界上最最漂亮的女人，她那么骄傲自己的美，自己的青春，甚至矜持，孤芳自赏。当她一旦有了心仪的男人，她的美就不再生长，那残酷的一夜盛开之后，就和生命一起交给了那个男人，渐渐消失了自我。女人真是用男人的肋骨做的吗？如果是，女人可能又用了自己的肋骨做了自己的儿女。女人的爱是河流，先长出男人的山，把肥吸走了，再长出儿女的花朵，女人就所剩无几，她还是那样轻轻快快地流呀流呀，一拨接着一拨，继续着生命，继续着生命的河流与满是香味的花朵。

　　角落放着缸，空空的，去年秋天，我没有用它腌渍咸菜。空着的石槽结着浅冰，一棵旧睡莲在那里枯萎，那不是它的错误，是我轻而易举的放弃，便结束了一个生命。墙边上堆放着农具，长时间无人使用，竟有落叶和败枝覆盖了，像一只没人把握的手。门楣上有两只灯笼，是年前侄子迎接我回来挂上去的，耀眼的红色就使劲地提醒时间过往的脚步。我是那五柳先生吗？不然，我的归来为什么有紫园荒芜之感!

　　人在速度中疲惫,想慢下来,回到从前的怀抱,发展得太快,许多从前来不及收藏的就被时间淘汰了。但于年青的一代,见所未见,想也未想,也是一种新鲜。

第二辑　书　斋

听 玉

读弘一法师《最后的忏悔》,慢慢来,如岸上寻珠,念想缜密,是一口酥,不小心错失了。到底是瞧见了弘一法师"泉水在山乃清"的法书伏贴在奶黄色的故纸上,几小粒蝌蚪文,如优美的初蕾,歆泉游移,"玎琮""玎琮",清谷岚山的远音被摇成无眠。就兴奋起来,想我于静夜在几处山泉汲水的事,仿佛是推开禅宗的颜色,明丽,胸前有淡紫的秋,抵住心门,爽!

泉不是泉,是月亮、月光、月光之外的阒寂,洁净、虚空。没有了,丢掉了,自觉满了,饱了,盛放盈盈。篆刻家寿石工擅刻印、填词、书法,为北京女子文学院讲词。时天正大雪,遂指屋檐道:"此有碎玉声。"少许,体有磨玉的清音,摸不到,看不见,满心欢喜。那也是在我之外的一个存在,一个念想吗?一条迂曲回环的野径,一枚青绿半熟的松果,隐隐地滑落,滑落在足踝处停下了。一道水纹,一袭眼神,不讲话了,偷偷笑我了。我突发奇想,是那里有个"听玉"的名字。

一 幅 画

画挂在那里,低光浓郁,潋滟富繁。像轻寒季节里的半暖时光,一生缘分,折叠出冬的形状。

画画的人已逝,浪漫撩起岁月的轻烟和诗人的气质,伫立深秋。她是描述一段记忆,一个故事,想把时间留住。谁又留得住呢?我突然想小光的名字,把"小"字和"光"字组合起来,很像"恍"字。我害怕了,那也是记忆呀!

我喝一款香茶,有人陪,茶真好!有阳光的亮烈和暖。你要来一杯吗?我问画,你是喝咖啡的!过了一会儿,我这样自语。

午间的阳光探进窗子,羞赧兴奋。想抱一抱画,画不情愿,退一步,怯怯地打盹,阳光走了。

我在想,我们是怎样认识的。世界总是非常相像,也是这样的半暖时光吧。银杏树的叶子落了,褐色的身躯露出来，出于对寒冬对抗的庄严，做了认真的准备。我们站在树的对面画，画一种情绪，一种色彩。年龄的美是无法抗拒的，青春才是画中的高光，如蝶。有雪的日子里，我们一直画着，游戏四季中少有的白。也许是有了感染和感动吧，老银杏顶梢上的黄叶就一直挂着，像哪位先生的瓜皮小帽，像南极冰川上某一小国骄傲的旗子。我读了海明威，想象年老的捕鲨者嘴角上挂着的小小矜持。

瓶花落了，积满时光之尘。我是在听月下花径的笑呢。隐隐地飞到那边去了。溪流不再唱了，等一个人把梦做完，那是一束花的梦啊！

罗帐后转出红装，是酒色黄昏，把小室焗成绛色。我问，用了什么膏方将男人透醉？夜有桃金娘的味道。

我们旅行吧，你说，那一次我们走出很远。在旅行的目的地，你问，我走的时候忘记给花浇水，花会渴死吗？

一个周日，你约我小坐。我们是很久不见面了，彼此无言，隔着一层情绪。末了，你说了一句要送我一幅画。我喜出望外，你懂我，就是这幅。

画就挂在墙上，日光慢慢移开，那是时间的脚步。我浮出种种左右时间的想法。夜来了，鸦在窗外鸣霜，它突然振翅，冲向高空，长啸三声。小光，你还听得见吗？

沐 斋

一

这世界给了沐斋先生总算没有白搭。

他是善画者,总在暗淡处洞见幽微和色彩。那些梨园大佬真是不幸,轻而易举地让沐斋点中死穴,有幸的是那些形象也从戏台走上画坛。

二

沐先生也是善乐者、善歌者。即使最平常的草木也吟出不同凡响。他在平淡中寻找奇迹,平静、平庸中集聚的能量竟是雷霆万钧、排山倒海。

三

沐斋的语言如霓裳,犹过之无不及。溶溶月夜,悄悄闲庭,缠绵悱恻,能俘房奔跑的羚羊,能穿过排列紧密的书林,低回深沉处有白色的孤独和轻轻叹息。燃烧的愤怒来自心底里和地球中央。头一仰,半斤二锅头干了,痛快!

四

他离你很远,却不经意间站在你的眼前。你期待听见什么,欲言又止,忙别的去了。

五

我不想把沐斋制作的文字说给更多的人,我想他(她)不一定爱,尤其是不一定爱沐先生的细腻和深刻。品读的喜悦千差万别,不是所有的喜悦都能产生情爱,也不是所有的情爱都能生出漂亮的崽。别的不需要了,这个冬天有先生,一定温暖。

静 下 来

我不止一次地提醒自己静下来,一定静下来。

当我的吉普车从早春原野上泥泞的黑土中碾过,草并没有绿,且春寒料峭。但只要静静地注视,原野的坡地上已有一小株一小株的蓝花开放,它们特别小,也非常模糊,像散落的星子,不知为什么我叫它"忍冬花"。这名字可能也只有我一个人这样叫着,因为它们忍受了漫长的冬天,第一个向春天报到,从此,春天就开始了。这是原野上的第一抹颜色,是原野上第一次生命的跳动和绽放。这个小小的生命,是多么友好和勤勉。

高高的大树下,生长着一株小草。下了半天的小雨,由于树干和树叶的遮挡,小草的周边还是干的。大家一定以为小草喝得脑满肠肥了。雨要停的时候,忽然有一滴雨飘到小草的脸上,小草又兴奋又遗憾。接下来又是酷热的天气，那一颗小小的水滴很快干了，这个弱小的生命，并没有得到生命给养，还能在炎热干旱中撑下去吗？有时，我觉得生存严峻，殊不知，有更严峻的考验一样挑战着其他生命。比较起来，我是多么轻松、多么幸福。

在静静的世界中，思维的前意识开始溶化，潜意识也慢慢苏醒。看看八大山人的鸟，看看八大山人的兽，无不是一种生命意识的觉醒，一种天地间的生命谛听，其神态又何尝不是先生的一身瘦长？那谛听孤拔、清瘦、凄凉。我到过八大山人的青云浦，那地方只适合八大山人，是产生八大山人的地方。我甚至认为，八大山人还在，正竹杖芒鞋，一身清瘦地走过竹林筛月的小径。

静使人类的智慧滔滔汩汩，如泉涌出。苹果静静地落到地上，牛顿就悟到了万有引力；壶盖默默地跳动，瓦特就发明了蒸汽机；凡·高在万籁俱静的时分仰望夜的天空，便看到了上帝，看到了灵光，成就了他亦真亦幻的《星空》。

有时我感到，这个世界上最有力量的东西是柔软；最持久的东西是慢；最大的智慧是静。静不是水来土掩，兵来将挡，是以不变应万变。世间万法，而尽归于静，正像一切背井离乡的出发，最终都是为了回家。静下来，这世界的心跳就非常清晰。若想知道红尘的来龙去脉，非得跳出万丈红尘不可。我曾经尝试过，我独自在小区的院中散步，小院的家家户户便在我的掌握之中，谁家又聚会喝酒了，谁家又成麻将局了，谁家的孩子又学习成绩不好了。子夜，灯渐渐地熄了，传来水的哗哗声，我知道有人又在沐浴了，我甚至能清楚地判断正冲洗身体的哪个部位。猫从神秘的角落窜出，呼朋引类，午夜的主角变成了它们。

有时领妻子散步，言语压得很低，还是隔墙有耳。第二天，邻居的蔡伯会说，你们昨天夜里散步到很晚！奇怪，两个人的世界竟成了蔡伯眼中的风景。

日常用品

好的日常用品就是使人感觉生活非常幸福的作品。

好的日常用品一定敦厚、朴茂、稳定。人骨子里都存留着惊慌的暗影，渴望稳定，不背井离乡，耕种家园，终老故里。我很喜欢用粗瓷碗盛饭，让嵩山单师傅烧了一只大个的碗，有土地的味道和稳妥，安安静静。简单一点，只求一个温饱，很容易就办到了。在别人看来，已经幸福满满了，你还以为那是九牛一毛。我笑着说，够了，足够了，就坐在这里了，更多的，你去追吧。你觉得我输得可怜，独自走了。

人生就那么一段路，简单，慢慢地，才品出一点滋味。学会留出空白，盛一些闲、无用和梦，也许这些更真。人生是一次单程旅行，能往复其中的只有思想、感觉和不死的精神。

精致生活

我似乎越来越懂得让我满意和高兴的东西不用很多,也不需要很多,经过时间的挑选,很多东西都是生活的多余和累赘。让一个人安静的是一种生活的精致,很少的一点东西,慢慢体会便有了满足。

近几年,我常常关心厨具。从造型、色彩、手头、使用面面俱到,都需严格挑选。有几个款式入我法眼,偏偏是德国货,造型敦厚,匠心独运。油品也是我关注的对象,大豆油、菜籽油、茶油、花生油交替使用,不光健康,一种油有一种油的色彩和味道。特别是茶油,单那满树红花白花就令人兴奋不已,用茶油烧菜炒饭,不仅颜色鲜美,还满口喷香。

我用一把昭和二十五年的日本南部铸铁壶烧水,是天大洪先生赠予。我很喜欢,洪先生曾于日本留学七年,深谙东洋茶道。铁壶哗哗水开,如先生爽快的笑声。壶体通黑,无一杂色,像有了许多年岁的老人,也有了令人羡慕的身份。

皮毛粗糙，健硕沉稳。提梁部分由朋友老傅用细麻绳缠紧，既不烫手，又斯斯文文。一眼看去，便是旧时代世世相袭的尤物，透出时代和人文的简单、朴素、安静，没有多余的妄想，一切随遇而安。我常在壶侧的小花瓶中插一枝竹、一朵花、一段松枝。瓶花不断变化，方知时光交替，生活也有新意，如松叶枝脉上的微霜、花瓣上模糊不清的纹路和花色蝶斑，像过往时间和岁月柔手，好像某日来过又走，只是要用心才能体会。家里或者宴请客人饮茶，都由我亲自用最小最精致的茶盅倒茶，带上茶托和衬布，毕恭毕敬地递给客人。客人也以同样的方式接手，礼尚往来，喝茶成了一种款人待客的仪式，一种文化，一种生活精致的体验。谦和、友善、尊重、包容的情结慢慢养成。

我常常拿起扫帚打扫庭院，扫了一遍又一遍，妻子说已经很干净，想起日本茶道祖师千利休的故事，坚持再扫一次。一转身，一片黄叶落在干净的青石板上，如一根花针，你会想到一个人吗？一幅绣了很久还在绣着的刺绣？生命静美，年轮在庭院中轻轻碾过。

当我走过生活和生命的富华和绚烂，我更乐意脱下装模作样的西装革履，换一身便装，回到生活的从前，把我匆匆向前时，那些曾经忽略的美再找回来，与生活的细碎相濡以沫，细细地、慢慢地完成生命蜕变的过程。

疏　影

年来无事，坐小斋静读。居家日甚，遂对小斋稍作改动。床榻西移，置小桌一，供读书写字。上敷台灯一盏，书册若干，绿萝一，纯清水生。冷眼一窥，淡云疏月，雅意清流。小书桌由麻将桌改成，是民国旧物，时光精雕细琢，蓄满光阴的分量，又为小斋争得不少文气。落地满铺的老式窗帘也替换了，装乳白纱帘两帧，光线可明可暗，随性降升，十分方便。朝暾初启，纱白漫卷，小室通明。园中紫藤树影探入厅堂，兀字成文。虽是寒冬腊月，感觉紫袍满树盛开，艳骨透室，仿佛春风春雨于夜间至，顿觉身心灿然。"朝暾初开纱笼窗，早有疏影入前堂。多情最是园中树，隔墙犹透艳骨香。"人说，熟读唐诗三百首，不会作诗也会吟。到了一定的时候，情之所至，不能自已，俗人也能温文尔雅，咬文嚼字了。

高兴，又在白墙上挂小画两幅。一幅是海城旅美画家、老杏堂主人侯北人的泼墨小品，题曰："米家笑我老癫狂，时贤却说色胆包天，大块丹青，斑斓辉煌，紫钗记云，斟翻绿蚁，是南柯，我说，这是笔下的梦里山河，我说……"又"侯北人作米家山水于老杏堂，年九十四岁了"。铃阳文印侯北人。另一幅，是我于癸巳年临摹张大千先生的一帧小墨，画中红牡丹一枝，上题："来就九鼎露，红粉写牡丹。小醺应不饥，落英犹可餐。"时光荏苒，已六年矣！临此画时，我尚在任上，那时年轻。

佳 人

苏曼殊,原名戬,字子谷,法号曼殊,广东香山人。一生能诗擅画,多才多艺,是中国近代有名的作家、诗人、翻译家。

曼殊幼时,"有相士过门,见之,抚其肉髻,叹曰:'是儿高亢,当逃禅,否则非寿征也。'"果然,天不假寿,一九一八年五月,病逝于上海,时年三十四岁。

多情总被无情恼。一九一四年,苏曼殊在日本得艺伎照片一帧,曼殊为艺伎的美丽端庄所动,情不自禁,赋诗一首,题照片之后。

我深感苏曼殊诗人情怀,想我年少时曾见过一年轻女子,记得烟轻柳绿处,春风一夜白莲开。连她身边的空气都是清新彻骨的味道,匆匆几面,便湮没于茫茫人海。感于斯,步苏曼殊韵,写小诗一首。

　　佳人名小越,绝世已无俦。
　　浅笑桃花水,深卧芙蓉流。
　　黛眉曙一点,绿鬟暮十秋。
　　何事如传歌,夜雪落筌篌。

十三弦

一九一二年夏,苏曼殊居日本东京千驮谷。一日,偶然遇见一位扶桑少女,与之搭讪,少女美妙的风姿令苏曼殊激动不已,作《碧阑干》。

> 碧阑干处遇婵娟,
> 故弄云鬟不肯前。
> 问到年华更羞怯,
> 背人偷指十三弦。

我于浙江樟华处小住,闲读苏曼殊诗文。浙江的立春日,乍暖还寒,微微透出春消息。小园有腊梅一株,是樟华从江苏丹阳小学校中购得。腊梅花开,那一袭明黄满树摇情,清香彻骨,我也仿佛那日苏曼殊遇见了少女。

站在梅树下仔细想一想,自嗟生命的时光匆匆,不期,春水流春去欲尽,梅树的花会落得干干净净。新年一到,我即是五十七岁的人了。

磬 声

夜里飘了一层轻雪,天就薄了。整整一个白日都是清汤寡水的味道,不阴不晴,不晴不阴,感觉失了力气,烦人!

午后,园子里的树枝一个劲摇动,是起了寒风。起就起吧,树上连一张叶子也不见了,几天之前已被风掠得干干净净,现在来风,还掠什么了,没什么了,也就宽心。我坐南窗之下,埋头读书,读梁实秋先生的《雅舍谈食》。他最后还是去了台湾,所谈饮食大都是北平的旧事,乡音恐怕是忘不了啦。梁先生儿时家境甚好,北平好吃好喝的也所享甚多。一般人是没有先生这样的福分。三代为官,始知吃穿。不是说为官的人人贪恋吃喝,是所见所感所识不同。刘姥姥进了大观园,毕竟错愕,尖叫几声,也不奇怪。梁先生吃得比平常人听得还多,自然有谈谈吃喝的资格,随随便便说一说,也都是上等文字,温文尔雅,又横着小幽默。忽然，我的屋檐之下传来磬声，"琤琮""琤琮"，好生清妙。我小院一片，既不绿瓦，也不飞甍，何来如此之音？猜想，定是什么物件相击相撞而招惹的是非。起身探究，果然是端午挂在檐下的大红粽子与铝合金窗框相撞，惹得粽子上的流苏钢管发出了泠泠之音。大粽子平日老实巴交，今日好像是受了风的鼓动，特别亢奋激越，撞一下，窗框不吱声，就又去撞，好像叫阵一般。粽子上的四个大字"发福生财"也似乎格外招人显眼。这厮，人家不理也就算了，还赖着没完。我骂，又觉得好笑。想起了在北大教书的美国人温德，他的床上放着一尊大铁磬。他是闻一多先生的朋友，一多不解，问老温德床上为何置磬，老温德直言："夜里睡不着，抱磬敲击，听它乐声。"老温德年轻时浪漫，活到九十九岁，却终生未娶。每个人都有自己的隐私，自己不讲，别人更不便问，即使问了，勉强讲，也未必真话。

今年仲夏，我与雪松和尚借宿盛京大法寺，夜里，檐上惊鸟铃响，阒寂安详，闲远智慧，时空都没了，仿佛天地一古，了无一物。

少许，风力渐大，磬声交复，"琤琮""琤琮"。天雪，磬声似高天流注。

雪　落

　　雪落，纷纷扬扬，扑扑簌簌。移机凳一把坐窗前看雪。园全白了，想一日一年一辈子光景也是一场雪。

　　紫藤的细枝老干落到一点，慢慢积，就厚起来。冬天的紫藤阒寂，有风无景，亏我园中的两棵靠着白墙护佑，褐色的虬枝嫩条将白墙分割几下，勉强是一幅素描。雪落，天地为之一醒，树焕焕然。雪给园子颜色，灰白黑总算全了。叠雪的枝槎，睟然而温。如梅如梨，皤皤然，烨若春敷。梨花不俗，是占了白，否则，糟糕透了。我们斗里养的那缸白梅，也不如落雪的紫藤好看。这种感觉是亲，好看得自然。我笑了，真是神奇，那一点点的白雪落在枯寂的枝干上，就成了画儿，成了活脱脱的梅，活脱脱的梨，成了《诗经》中的"舒而脱脱兮"。江山太容易点染，轻视了，雪原是江山的大色，"山舞银蛇，原驰蜡象"。快雪时晴，红日高照，那就更了之不得啦，红装素裹，那是巾帼不让须眉的花木兰哟！

　　近日读温源宁先生的书，先生写梁宗岱，心得自然不少。他说："宗岱热爱人生，热爱得要命。对于他，活着就是天堂。他一息尚存，便心满意足。"我心里佩服，心摹手追。吃饭、读书、喝茶、睡觉，接人待物微微笑，嘴里常常念叨："看那，这很好！"果然有好事来，张维辉先生从日本国归里，捎我金泽铁水壶一把，鼓腹，秃顶，如道似佛。壶身镌水仙一株，栗色暗暗，如古金石。我喜欢这种沉郁的低调，什么都知道，却闭紧嘴巴，不言半句。我喜欢这样的静，也包括静女人，不急不躁，就那么立着，等你欣赏。想使用壶，先给壶洗洗澡，净身，然后在壶中注满泉水放炉上煮着。新壶得养，舍得舍得，什么事又不是呢？我看雪的时候，壶水鱼目微声，涌泉连珠，腾波披浪。就又想出几件好事，搁着，我先不讲，水太喧了。我抓半把茶投壶，沸水噬着干茶，安静了，老实了。一忽儿，壶又响，扑扑腾腾，如夏日的滚滚闷雷。我没理它，"噗嗤"一声，沸水反了，茶叶滚水掀了一炉，火灭，炉、壶、近处杯盏，声名狼藉。再看一眼，炉、壶热气奄奄一息。我摇摇头，你不理我，我就叫你喊你，你不让我舒服，你也甭想安生。这是"人肉炸弹"的招法，幸亏无人看见。

　　雪落，轻扬，翻飞，白。

偶尔小斋扮画家

前日,不知是一阵什么风,旧情复发,就提笔立于案前,迅写小牡丹一枝,花色蒙茸,似有翠羽岚烟,呈出三分绰约,嫩叶数枝,菊黄荼白,知春风夜放,也就停笔。稍稍退步打量,再用重墨提点筋脉,画面便多出几分精神,又一鼓作气,赘二十二字题记,曰:"一扇窗,两树花,添七分明月;三篇文,半壶茶,述十里春风。"午后,雪松兄来茶叙,旋即,则奇亦至。示二人,皆说雅。稍晚,两人合谋,小饭店饷我一饱。

启功先生工书善诗,有一印"余事作诗人",极谦虚,名副其实的国手,却与业余混为一谈,但觉天真稚气好玩。就得寸进尺,摹雅人趣,托雪松治一方小印,供戏墨涂鸦,谓:"闲时当画家。"斟酌一二,觉口气不小,见笑了。赔得身家性命滚一辈子丹青,不见得背起一个

"家"字，东涂西抹，随兴遣意就垂手成家，世间事也太容易了吧。更为："闲时扮画家。"又想，我于小斋读书，只是读得累了，偶尔画一二张小纸，全当休息换脑子，无法书功底，字都写得歪歪扭扭，想画出妙笔也多是妄想。遂再改："偶尔小斋扮画家。"稿定，三人拊掌一乐。

菖 蒲

有心栽花花不开，无心插柳柳成荫。去花店购多肉照波不成，却秋翁遇仙，用一百元买得碧草两盆。店家窃窃耳语此草学名"菖蒲"，我吓了一跳，感觉福分不浅。两年之前，朋友曾经将此物唠得神乎其神，害得我不敢插嘴细问，不想竟错过大好因缘。今日得之，心生暗喜。至家中，用泉水将小盆润湿点透，置于书案之上，果然顾盼生辉，不同凡响：短而柔者，如洛水之神，岚烟俊秀；劲而长者，似易水秋风，英气凛凛。

古籍中载："菖蒲，一名'菖歜'，一名'尧韭'。生于池泽者，泥菖也；生于溪涧者，水菖也；生于水石之间者，石菖也。叶青长如蒲兰，有高至二三尺者。叶中有脊，其状如剑，又名'水剑'。其根盘曲多节，亦有一寸十二节至二十四节者。仙家所珍，惟石菖蒲入药。品之佳者有六：金钱、牛顶、虎须、剑脊、香苗、台蒲。"几经考证查验，我得的两小盆，叶长侧生者为虎须，叶短而柔者是金钱。叫虎须的望文生义很是气韵生动，而另外一盆如何叫出金钱的名字却百思不解。

宋人郑刚中咏菖蒲诗写得大雅："附石菖蒲谁手种，形模姿色妙难如。黄蜂变去惟窠在，绿玉抽来祇寸馀。夜为露华离几案，晓添灶井向阶除。如何便得生秋意，更俗中间置小鱼。"（《黄汇征惠石菖蒲既赋古风复成四韵》）郑刚中是雅士，官至四川宣抚副使，他咏的当是石菖。石菖很娇贵，要浇雨水，不见风烟，夜移就露，日出即收。当然，郑刚中也不白白忙活，石菖蒲以花回他。菖蒲花生于茎端，初夏开成黄色，郑刚中先生美其花"黄蜂"。菖蒲花人吃了长寿，然而最不易得。传说苏辙种菖蒲开花九朵，世人以为大祥瑞。

菖蒲是雅物，历来为圣僧仙翁、文人逸士所珍。他们烧烧茶，焚焚香，读读经，也养养菖蒲。宋曾吉甫《题意大师房》有这样的句子："头白高僧心已灰，石菖蒲长水蕉开。庄严茗事炉烟起，不用关防俗子来。"心气很高，起炉烧茶，房门大开，说凡夫俗子不懂这种雅事。而《石菖蒲》一首更是牛得不食人间烟火了："窗明几净室空虚，尽道幽人无一事。莫道幽人无一事，汲泉承露养菖蒲。"这哪里是养菖蒲,明明是养着结泉盟石、清露白云的浩然之气。

　　古人比我们雅而好古,很会生活,很会得乐,连酒桌上都置着菖蒲。"秋米煮菰青,菖蒲兼酒白。"红粱米,青菜苗,绿菖蒲,白佳酿,如诗如画,也是一醉。而"试破泥头开煮酒,菖蒲香细蜡花肥"更让人坐立不安,心向往之。菖蒲香淡如兰,时断时续,有云水之姿;烛光摇曳,西窗共剪,似天作之合。草香花肥,直追李易安女士的"绿瘦红肥"。在晦暗的晚春雨夜啜上几杯那是神仙的日子。文化中国,古代的农妇也不简单,男子远行天涯,妇人拭泪怨嗟:"不应蘼芜草,竟作菖蒲花。"妇人自比好花菖蒲,而谆谆告诫远行的男人不要良莠不分,错把蘼芜之类的浪荡女人当成菖蒲花一样的好女人来采。宋代出现了大量的菖蒲诗,从这些诗中推断,至少不晚于宋代,我们的先人已经有意人工种植菖蒲,把菖蒲纳入生活和审美的视野,并用菖蒲来品评人性的高低雅俗了。

　　星期天下午,我陪浙江王先生去牛岭千华窑。窑主黄先生待人朴厚,放下手中的活计,洗手,烧水,泡茶。沉静的木棱窗和暮春的碧树映进茶汤的绛红,让人一下子沉入典雅古朴的气氛,想要爬上来全没力气。窗外的陶工忙忙碌碌,一砖一石地垒着历史。

小茶数盏,已然微醺,思绪在馥郁的茶汤中沉浮。偶然抬眼,案上一波新绿风月娟然,淡如轻风浅雨。"是菖蒲吗?"黄先生笑,点头。那一撮尤物绿又不绿,黄又不黄,撒娇得如一抹温柔之乡。"它叫黄金姬,是后改良的品种。"黄先生说。我移近了看,果然含睇宜笑,六朝金粉。我心生爱慕,细看连盛菖蒲的盆子也不一样,灰黑中沉着褐红,瓷釉剥蚀,显出铜胎铁骨,如一方天雕地塑。沉稳的愈加沉稳,娇嫩的更是娇嫩。不知为什么,我感觉那里正有一条小巷直通远古,蒙蒙细雨打湿石板小径,泛着岁月之光,拎花篮的小女孩走出深巷,高声叫卖,杏花带雨。山翁倒骑青驴,腰间别着酒葫芦,一摇一摆,似醉非醉。黄先生见我看得仔细,又笑了:"宋朝的。""宋朝的盆子?""是宋朝烧瓷的匣钵,景德镇朋友送的,里面有残瓷可证。"黄先生拿起匣钵指给我看。人真是大福报,相隔了这么久远的岁月,先前的美又呈现出来。现代与古代相遇,古老之美以其深邃的法力也给现代人染上温馨和笑容,不知不觉中,好像把那个时代的暮春初夏又复印了一次,甚至精确到一个午后和晨昏。这可不是浮现和想象,我的手正抚摸着那个时代的器物,甚至隐约感觉着窑温和脉搏的跳动,窗外飘着那时的雨。我凝视着匣钵中的菖蒲,在神秘的暮色中,它是镌在碑石上的先贤哲思，几经岁月的摔打摩挲已经精练到一瞥碧绿的眼神。而日经月行、造化自然的匜钵此时的娇嗔、不安、火气全敛在波磔隼尾、貌拙气酣的骨里，不徐不急，不温不燥。菖蒲和匜钵的新与旧、绿与黑、轻与重竟变成巧与拙、柔与刚、浮与沉的哲学美学符号。我小声念着"菖蒲"两个字，十分可亲，感觉在时光的岚烟翠霞中似曾相识，真也是晏殊的燕子归来之感。人的许多记忆是从前的再现，又有一些仿佛是天外来客，从隔世的时光中邮寄而来，一下子就让你浸淫其中，沉默了，不想讲话。

海派大师吴俊卿一字昌硕，又字苍硕、仓硕、仓石。我早先临摹吴先生画作，时不时有一钵菖蒲置于梅石竹木之间，涉笔成趣，神情朴茂，雅得了不得。当时孤陋寡闻，还以为先生画的是旧时兰种，现在把菖蒲、仓石、苍硕，人格、画格、气格连缀起来，放在一个坐标上看，真是相互轩邈，别有滋味。陈师曾先生法书篆刻胎息吴昌硕，又以"染仓室"定为斋名，对昌硕先生心摹手追，终于迥绝时流，蔚然大观。昔墨子于染坊慨而叹之："染于苍则苍，染于黄则黄。"我于小书斋中清供菖蒲一对，夜里用功读书写作，稍有疲倦，瞥上一眼，心中顿觉轻烟袅袅，笔端也是绿意滔滔了。

菖蒲续话

省城日报的编审初国卿先生收藏浅绛彩,自署斋名"浅绛轩"。轩中置独木花梨大书案,案上菖蒲一钵,淡扫蛾眉,含烟泣露。一轩的兰气,凤眼全交在一钵苍绿上。四壁浅绛名人硬片目瞪口呆,晏少翔、郭味蕖、杨一沫的丹青沉默不语,满架子上的李白、杜甫、胡适、蒋勋面面相觑,便纵有千种风情,更与何人说。

陆放翁是怎样的家国情怀:"僵卧孤村不自哀,尚思为国戍轮台。夜阑卧听风吹雨,铁马冰河入梦来。"诗人的胸怀抱负、铮铮丈夫气跃然纸上。一张一弛文武之道,也人性之道。放翁先生柔曼的一面也是清容俊貌,雅得可爱。"寒泉自换菖蒲水,活火闲煎橄榄茶。自是闲人足闲趣,本无心学野僧家。"(《夏初湖村杂题》)挺大岁数,放翁还要亲自为菖蒲换水,其实不是换水,是添水。养菖蒲的秘诀是添水不换水，添者虑其干，不换存元气。然后生火，烹茶品茗，这是闲情，也是逸趣。没有这种闲情逸趣，就没有放翁的文章。说英雄没有儿女情长，那是假话，要看到了什么地步。陆放翁在沈园中遇上青春泪眼枯的唐琬，也就只能把因缘旧梦寄托给《钗头凤》了。这也不是陆放翁的错，谁又能薅着自己的头发离开地球呢？大宋朝文人治天下，皇帝就是文人的大哥大，连宰相也规定了由文人来当。文化至高无上，文人美得腔沟子流油。徽宗善花鸟，精书法，撰《大观茶论》，又是点茶国手。宫里的茶叶都文绉绉的，称"凤饼龙团"。书房养菖蒲也始于大宋。菖蒲代表着身份、境界，是宋朝的集体意识。

石菖蒲有两种养法。一种是文石养。文石，就是有花纹的石头，型好，美纹理，书卷气。用文石在盆盎中植石菖蒲，不仅可以固本培元，还可以让草石相映成趣，相看两不厌。大宋朝的文人，玩得花花，什么都敢玩，什么都去玩，一玩就上瘾。玩人失德，玩物丧志。凡事有分寸，一过，就失了味道。高兆的《观石录》有一故事，说有石痴去朋友那里看佳石，朋友刚开箱，马上让朋友收起来。朋友吃惊，问石痴为什么？石痴回答："不敢久视，恐相思耳。"大宋文人爱石之风极盛，文石遇菖蒲，也算找个好人嫁了。元丰七年（一〇八四），苏轼离开黄州，前往筠州看苏辙，途经湖北大冶的清澈溪边，见到一身郁绿的菖蒲。于是，采挖数株，放在船上，用石盆供养，又用文石置于菖蒲之间，清泉白石，绿意清芬，苏轼爱不释手。以文石养菖蒲不知是不是苏先生始创，但软硬相搭，刚柔相济，循的是美学原理，得的是哲学意趣。文人情感细腻，容易触及事物的肌理。历史上有几种艺术文人一加入就大不一样了。比如，明朝的家具。苏先生大聪明，玩什么也都玩得好，但此时的菖蒲对于苏轼恐怕不仅仅是玩了。乌台诗案，先生虽躲过一死，但背井离乡，月俸甚薄，不得不靠东坡的几亩田地贴补日子。他看到"节叶坚瘦，根须连络，苍然于几案间"的菖蒲，挥毫写下《石菖蒲赞并叙》，也是以石菖蒲自况了。他说："石菖蒲并石取之，濯去泥土，渍以清水，置盆中，可数十年不枯。"也就是此时为官的苏轼死了，而文学的苏轼正逐渐觉醒。苏轼写下《石菖蒲赞并叙》的第二年，复为朝奉郎知登州(今蓬莱)，又作菖蒲诗："我持此石归，袖中有东海。置之盆盎中，日与山海对。明年菖蒲根，连络不可解。"(《文登石诗》节选) 听说弟弟苏辙养菖蒲开花，苏轼诗兴大发："春蒐秋莸两须臾，神药人间果有无。无鼻何由识蒭卜，有花今始信菖蒲。"（《和子由盆中石菖蒲忽生九花》节选）文章开合豪迈超拔，已然见心知性，脱胎换骨。人世间的事很有意思，苦心孤诣的学问本领偏偏派不上用场，一知半解的东西又频频向你发力讨债。苏轼做了四十年的官，官至礼部尚书，无人理会，人们只记得苏先生的诗词文章、书法绘画，甚至连吃酒烹茶也记得清楚。有时，什么是有用，什么是无用也很难定论。苏先生的一生，无用倒是有用。人什么都要学习一点，闲置忙用。无事不用也就变成闲，有闲便是雅。年轻的时候看画，总看画家画了什么，现在看画，看画了什么，也看没画什么。没画的地方也是画，似围棋的眼。好的画不只是画了什么，而是处理画和没画的关系。初先生的这一钵石菖蒲是名副其实的文石养，只凭净石和清水生存，却苍翠郁绿，盘根错节，似竹苞松茂，好像在先生的浅绛轩已读多了书，喝足了墨水，悄然悟道了。我看得仔细，那菖蒲的鳞节粗粗壮壮，虬卧在文石上，虽说是勺水渟泓，却也是神来之笔，走出龙蛇。"人言菖蒲非一种，上品九节通仙灵。"初先生的菖蒲是否有九节，我可是没有数过。

另一种养法是瓦屑养。《花镜》载："在夏初以竹剪修净，取细砂或瓦屑密种，深水蓄之，勿令见日。"瓦屑相当于泥罐紫砂,透气贮水,旧瓦屑经过长期化合,也生成植物的营养。不过初先生若是用瓦屑养,本钱又该大了,那用的一定又是秦砖汉瓦。古人秉烛夜读,在文房中养菖蒲,还有一个益处,菖蒲可收烛烟,不使人熏眼。

初先生是大家,海人不倦,喝了大半天的茶不说,临走又送我笺纸行楷一帧,上书"赏心十六事"。先生自觉言犹未竟,推陈出新,再甫四事。录写如下:"良友蕉窗听雨,自制花笺寄到,菖蒲石上新叶,养兰三载偷开。"又署:"丁酉春分日以新得花笺试笔,初国卿。"盖有铃首印一枚,为白文"染香",有汉私印遗风。铃名章两枚,上者为白文"初国卿印",下者为细朱文"次公"。我想起有人评陈思和文章的一段文字:"陈思和吃掉外公那些水浒好汉,文字果然也厚实了。"初先生文思泉涌,宅心宽厚,雅颂之气于毫端漫溢。他吃掉的大概是书。人说某某身上有贵气,其实是书卷气。书读得多,不迷惑,腹有诗书气自华,走遍天下都不怕。

"点点流萤送落花,春风寂寞断琵琶。人来寄与菖蒲叶,说是成都造纸家。"(王叙承《竹枝词十二首》之一)暮春日丽,风烟俱静,夏天来叩小楼的门。先生贻我"赏心二十事",也就是菖蒲叶了。

佛肚竹

樟华于浙西山中捎来翠竹数盆供友人欣赏，我得其中一件置室中一隅。果然竹苞松茂，顿生雅趣，小小斗室如江南厅堂。问其品种，佛肚者也。善哉！一品德，二运气，三风水，四名字。大肚能容，开口便笑，福相也。用手摸摸，似乎没有此种气量。友曰，尚小。于是勤勤恳恳鼓足力量如园丁般小心侍候。怎耐日日疯长，瘦长如影，却不长一点肚子。问其故，曰，光照不足。遂搬竹于园中承受日精月华，历春经夏，非但没有半点佛肚，两支通天笋越出丈余，骄首昂视，旁若无人。

偶约朋友造访，指点迷津。琢磨半日，憝憝然莫相知。忽然想起《淮南子·晏子将使楚》的故事："橘生淮南则为橘，生于淮北则为枳，叶徒相似，其实味不同。所以然者何？水土异也。"问及他人，非也。同来之竹不大腹便便，也小肚圆鼓，脑满肠肥，唯我之竹清瘦如许。樵夫王质于石室山看仙人对弈，不知不觉中已过数十载，斧柄朽烂，遂得道成仙。家中佛肚之竹随我夜夜读书，饱饮香茶氤氲，日久天长，养德修心，盖其志不在佛肚，而在佛心。修修兮，濯濯兮。前日看徽宗赵佶独门书法瘦金体，再看一眼开创瘦金体的徽宗皇帝，让我大吃一惊，什么徽宗皇帝，俨俨一瘦金体魂魄！黄永玉先生笔下人物鸟兽惟妙惟肖，也如黄老爷精灵古怪，一老顽童耳！

俚曰：养儿如娘舅，养女似家姑。近朱者赤，近墨者黑。我庐之竹不成佛肚不怪矣！

半夏生·水金凤

田中昭光说,在夏天,他喜欢用一只玻璃瓶插上半夏生和水金凤,作为炎炎之夏款待客人的插花经典。

这个装束很是入时,夏和水都是冷冷的凉意。阳光从太古浓郁的叶片筛下,雕出斑斑驳驳的花影。稚童老翁对弈石上,老妪独坐屋前拣择菜蔬。时间都给分拣得晨昏清楚,季节轮流上场,次第开花结果。

心被一盏清水打湿,轻云细雾里,一双美女跬步凌波,楚楚动人的感觉被小心翼翼地探试。

远远处,远远处,轻轻地读一遍它们的名字:"半夏生""水金凤",更是饶有诗意。请准备一下,清凉的夏日,穿白色的香味纱裙,要扫过一张张仰起等待的笑脸啦!

听 雨

得闲,一个人躲在紫庐听雨,妙趣横生。

雨大,呜呜如潮,响彻头顶,像天外来客,经过很远路程。窗前一片乱象,雨拥挤不堪。用心便见得雨的姿势,单颗雨滴串成线珠,线珠织成雨帘,一片一片,前呼后拥,如晦如明,好大气势!"噼叭"山响,如灶膛烤青竹,是雨片在青石板上重重摔碎。霎时,声音种种混为一谈,分不出层次和个数,如孩童执琴乱弹及其他。

刚刚小了一点,又卷土重来,吹着号角,阵容扩大,千军万马。小院水满,便是水滴投水之声,比落在青石上的音小,柔和,磁性。站起来瞧瞧,院子如湖,雨落下,反复不穷,如一幕幕不间断的历史剧,只是没有给出人物,令人想起浮生如梦。

紫庐前后的雨声迥然不同。同样的雨落下来,在庐后既不轰轰烈烈，又不掷地有声。纳罕！看过才知道，雨没有直落尘埃，是被庐后的金钱榆和槿带红袍花树两双贵手托着，轻拿轻放，雨落无声。偶有"咚咚"水滴正中庐后一块铁皮，如远古待漏，更觉空寂。生命亦如一滴雨，方生方逝，方逝方生。庐前的雨偏阳偏爽，庐后的雨偏阴偏懒；庐前是主力，庐后是侧应。怪哉！落雨也分个阴阳。

两小时后，骤雨初歇，无风。"公主""霸王"满身雨水，眼角闪烁激动的泪。水滴稀稀落落，如探子，轻手轻脚。我笑，雨应不知紫庐有我！

减 法

京剧大师梅兰芳生日,齐白石与罗瘿公共同绘制了一柄折扇为生日礼。扇骨为湘妃竹刻雕,乃清廷重臣直隶总督端方旧藏。一九一一年,端方在四川为新军所弑,此扇骨流落坊间。据传,梅兰芳诗词老师李释堪用四十饼金购得,梅兰芳先生求让,其师不予,后赠送梅兰芳作生日礼物。罗瘿公赋诗题扇,记下了这段文人掌故。"陶斋旧物巧雕镂,唤玉轩中有胜缘。持与梅郎做生日,定知后物以人传。"

《京剧名艺人传略集》记载:"巧玲与文士交游久,颇善笔札,汉隶八分尤称独到,得者宝之。好读史鉴谈掌故,治艺之余,手不释卷,更工鉴赏,汤盘汉铛,过目厘然,士大夫转求教焉。"巧玲即梅兰芳祖父,同光十三绝之一。梅氏一门家学渊厚,梅兰芳能画善藏也就不足为奇。清代画师沈容圃画《同光十三绝》，初为京剧大师马连良所藏，后转朱书绅之手，几番周折被梅兰芳宝之，中华人民共和国成立之后，梅家将此画捐送国家。有些东西天生不是私己之物，而是国家之宝，大家的共同财富。有人戏说，钱少是自己的，钱多是人民的，不然，为什么称"人民币"。

《西清砚谱》中有"宋端石百一砚"一方，制于北宋年间，全部"石眼"为天然生成，为收藏家苏宗仁先生所藏。"文革"中康生将"百一砚"掠去，为掩人耳目，更名为"十二星辰百柱端石宋砚"，侧刻"康生"二字，据为己有。一九八四年，苏宗仁的"百一砚"失而复得，在病危期间嘱咐儿子苏珂孙："'百一砚'是归来之唯一珍品，务必献给国家，以保成全。"一九八六年，"百一砚"入藏中国历史博物馆。苏珂孙曾问过父亲苏宗仁，所藏书画为何不钤收藏印？苏宗仁笑答："恐盖印时玷污书画。"

"武则天通天二年（六九七），当朝宰相山东琅琊王方庆献出他十一代祖王导，十代祖王羲之、王荟，九代祖王献之、王徽之、王珣，一直到他曾祖父王褒，王家一门二十八人的墨迹，珍本十卷给武则天。"武则天大悦，在武成殿召集百官，出示真迹，命中书令崔融作《宝章集》记录此事，并将墨宝复制摹本，收藏于内府。令人感动的是，武则天没有将这些墨宝据为己有，而是装裱锦褙，赐还王家。女子的胸怀若此真可以驰骋天下了。到后来，武氏连大唐的江山也不要了，完璧归赵奉还李家。

年来居家，读书灌园。三儿怕我寂寞，常来小室与我长坐闲侃，毕竟一奶同胞，性情相知，屡屡提及人到五十之后，应该不断地做好减法，不要为物所累，为情所扰。人生只是一个过程，经历了，尝试了，看过了，也就够了，千万不要总是想着拥有。人的一生实在太短了，我时常想，还没有用上力气，就老了。也许用不了几次挣扎，生命就结束了。问汝何所思，问汝何所求？吾也无所思，吾也无所求。《五灯会元》"大梅法常禅师"条记载：唐贞元中，盐官会下有僧，因采拄杖，迷路至庵所。问："和尚在此多时？"师曰："只见四山青又黄。"又问："出山路向什么去处？"师曰："随流去。"僧归举以盐官，官曰："我在江西时曾见一僧，自后不知消息，莫是此僧否？"遂令僧去招之。师答以偈曰："一池荷叶衣无尽，数树松花食有余。刚被世人知住处，又移茅舍入深居。"此减法。唐太宗召见嵩山逍遥谷的潘师正，问其所需，潘答："臣所需者，茂松清泉，山间不缺。"此也减法。

一帘花影

窗帘是窗的昆仲、闺蜜。它可以装饰窗,让窗子更美,一种神兮兮的美,也可以对室内保暖,隔绝室内室外的视觉往来,保有室内的私密性。施淑仪有句"双燕不来帘半卷,孤灯微雨又黄昏",看看,帘要半卷才见风度,好看。姚吉仙的窗帘诗写得也好,"一帘花影棋枰静,半塌松风枕簟秋"。这也不是一般的人,常常琴棋书画、竹影松风。孙碧梧的最是风情万种,"吹灯欲禁花留影,刚卷珠帘月又来"。现在看来,这种天一擦黑就把窗帘子拉下的做法真是不聪明,甚至有点自欺欺人。也活该是遇上了什么人,这帘子里的花影风情算是走到了尽头。住楼上,对面八楼东边那位女人神经特敏感,整天在阳台上晃悠,我一见她晃悠,脑仁都跟着摆。我曾经怀疑她背后有人,是受了指派的眼线,或者一位职业侦探,如福尔摩斯。但很快否定,她有病，病得不浅，是入得极深的窥私癖。我不知道为什么，她对我五楼那家十分感兴趣，而且对家里的情况了如指掌。昨天早晨她跑到楼下对我说，你们五楼这几天早早就放下窗帘，是她两地生活的男人回来了。我想是因为年轻，也因为长时间的相思，女人就不肯放手。那男人有一点疲累了，一个人站在阳台上，女人就走过来搂住男人的脖子，在他并不阔绰的额头上吻两口，就又把男人拉回房间。什么也放不过对面八楼的眼睛。她注意到我楼下有一家经常去一位陌生的先生，一定不是女主人自己的先生。我有点害怕，我也在她的注视之内吧！我担心有两次很裸地去阳台取东西，是不是也让她掌握了，但很快放心，我记着当时并没有开灯，她不会有一双夜视眼吧！昨天夜里，透过窗帘细微的缝隙，她注意到五楼开过几次灯，每一次开灯相隔的时间。她甚至侧耳谛听浴室里的龙头出水了没有。从这些数据和现象的综合分析，她就能给出一家人的幸福指数。"我家的指数是几呀？"我向她开玩笑。"五，是五。"她笑嘻嘻，特别开心，以为有人开始利用她的侦探成果，生意开张啰！她又说，昨天夜里五楼有好长时间没有开灯，她等得有点累了，她说她快要回房睡觉了，她又想，会这样简简单单地结束一个不平静的夜吗？多可惜！灯忽然亮了，她甚至下意识地摸了一下自己日渐亏损的臀部，想起一句很有哲理又很伤感的诗句："逝者如斯夫！"

如今住一楼或者平房，早早就拉下窗帘的事更是自取其辱，像"此地无银三百两"，而接下来的一句应叫"邻人阿二啥不知"。清洁工就站在窗前，一扫帚一扫帚地扫，工作认真程度相当平日十倍。要不就用铲子将垃圾桶敲得咣咣响，没办法，这桶子不干净。不论你此时做什么，或打算做什么，你都必须忍痛割爱，屏住呼吸，收手，然后松口气，大声说几句言不由衷、无关宏旨的话。你演的是"空城计"，扮的是诸葛孔明，外面司马氏可正在观敌料阵，虎视眈眈呢。要么你摔一只碗，骂几句脏话，装成吵架生气的样子，以蒙混过关。要是遇上几名电工、水暖工在小区里作业，检查电路、水管什么的，你更得善罢甘休，打开窗帘，让真相大白天下，伸一伸懒腰，做一个大梦方觉的姿势，或者握一本书装装斯文。否则，这些人非得弄出个理由，不是"火烧连营"，也是"水淹七军"，正好扣一扣你的门，而且准备好了，可能不止一次。

白昼和黑夜是有分工的。光天化日，宜挑水、耕田、打柴、外出；月黑风高，则可以密谋、偷袭，也可以选择看电视，友曾发我脑筋急转弯，什么插进什么，什么出小人，想想可乐。电灯是人类的文明，新文明产生也将固有的文明变成了不文明的东西。正像资本来到人间，每一根毛孔都沾着血和肮脏的东西。月亮好,古人和现代人都喜欢,让你看见一些,又看不清晰。月色更是一种很轻很薄的纱帘,几千年,几万年,一直为人类遮遮掩掩,也不遮不掩。张若虚的《春江花月夜》大概是写了古扬州那个地方的月色。他看见了月色下的夜朦胧、水朦胧,朦朦胧胧的美。而楼上的,他看不见了,他只能凭借想象,说此时有一个女子正坐在梳妆台上梳妆。女子打发日子的方式不只是化妆照镜子,化妆照镜子的终极目的是啥?也可以干一点别的。时间长了,总有一点小寂寞、小颓废。可以洗澡,嚼薯条,搓搓麻将,做做瑜伽,把那些寂寞的窗户眼堵上。我认识一位女人,她寂寞了画画,我逗她,又寂寞了怎么办?再画一张呗,她笑。

现在,我是不喜欢窗帘了。幽梦也好,花影也好,那么厚厚实实的一块布,一点光都不透,一点情面都不给,把屋里和屋外、人和自然的交流交融生生割断了,让人想起乡下牝牛的"打棒"、公羊的"隔色"。我想象一个温馨的夜,唐时的可以,宋代的也行,要不就是明清的,或者再近一点,民国的。冲一热水澡,熄了灯,把窗帘子拽了。月夜入户,细绸样的月光入我松床,悠悠的松香味,我能闻出是南山上的第五棵。老槐树开满了白花,有一枝探进窗口,一个人,听管平湖的《良宵引》,再听《平沙落雁》,雁落我床上,我抚雁羽,好雁,温驯。

晚　雨

外面落了疏疏稀稀的晚雨。小石桌上有盖帘一张,晒着中午刚刚晾出去抹了浅盐的豆腐干儿,我赶忙拾掇,端回屋里。有几片橙黄的紫藤叶捷足先登,先到了我豆腐干的雪白上,艳丽,嫩极。我喜欢鼓捣小食,闲置忙用,以之佐酒,嗨,佐什么酒呢,是玩玩。有院子的房不是宽敞,是通着天地自然的灵气。秋天,我在院子里腌咸菜两缸,周叔不解,问我为啥,我呵呵一笑,不肯回答。一袋咸菜,非同小可,是我沟通左邻右舍的噱头。我告诉邻居,这是我渍的菜,小小礼物,博得轻松好人缘。豆腐干乃佐酒极品,随手捻来,胡乱一嚼,糯糯的,有咬劲,满口清香,兼五谷之长。这是第二次晾晒了,几天前,晒过一次,忙着外出,放前阳台玻璃房里,以为万无一失,既有强光照射,又无雨淋。周叔在电话里说,霉了,长出很长的红毛。我不信，周叔进一步解释，是没有开窗，不通风，捂坏了。

　　暖气不热，是供得不好，还是管道老旧，我没有思考。我采取补救措施，打着电炕，随手开亮了屋灯。天短多了，四点半钟，天就暗了下来。外面雨停，这个季节通常不会有大雨，雨只是一个当差的信使，一遍又一遍地禀告，秋天走了，冬天就到。风刮起来，院子里的紫藤树摇晃，几片半绿半黄的叶子就坠下来。树上已经没几片叶子了，风和寒冷也不会饶过它们。这是冬天通行的规矩。屋灯映在窗子的玻璃上，院子里也有了灯，好像挂在树上，分出美的层次。我没有拉下窗幕，就想这么静静地看一会儿。

热 敷

我赤条上身,俯卧松软的沙发上,若前方负伤的骁勇将士。妻将新毛巾在热水中浸透,拧成半干轻轻敷我酸痛麻木的背。温度低了,浸热再敷,此种方法对付腰背肩痛效果极佳。疼痛是阻滞和僵硬,遇上温暖和松软自然慢慢纾解。轻松和愉快又开始荡回老巢。

龚一大师的古琴忽高忽低、忽深忽浅,像远古先贤多变的思维,理了又乱,重新再来,偏偏又堆成一团乱麻,模糊如似清非清的生命小径。偶尔有行旅穿过竹林,过溪口,转长亭,空留肥马香痕。也如一段徐徐吹来的故事,不知从哪里说起,偶尔想起,又旋即忘了。欲言又止吧,且看路转峰回。

妻待业,宅在家里。读书喝茶,气韵和善,温文尔雅,真让人羡慕,她自己并不觉得。我猜想,有些幸福自己知道,而另一些时候幸福也要人提醒了才有感觉。

这是乙未冬天最寒的几日,昨天小雪,给寂寞的冬平添一份白,而热敷盛开橘红。

铁 壶

我不担心铁壶提梁有一天会在某一处断掉,是冷兵器时代最好的材料,手头很重,绝非凡夫俗子之辈。

原先用铝壶、白铁壶烧水,现在用是用得了,只是用了铸铁壶之后,感觉曾经沧海难为水,除却巫山不是云了。铁壶厚重、沉着、文化。壶身已沉淀了多年光阴,最初的主人是谁,恐怕没人关心。或刚愎自用政客,或富甲一方商人,或者只是一介武夫,总觉得它是一种生命的象征和延续。开始在很远,也看不到结束。永恒的单纯就这样实实在在地摆着。也很任性,水初开,若无其事,不动声色;再开,嘴里顶出突突的白烟;大开,如狂人大笑,有瓦特发明蒸汽机般兴奋。

抑郁时,喜欢释放,水至沸腾,也故意不把壶提下,任壶盖上蹿下跳地折腾。我笑,壶如小丑,瓮中之鳖,全在掌握之中。

铁壶黑头墨脸,形似包公大人,不是包容别人,而是被大家包容。恬淡安静如皖南老房子的黑色屋顶,岁月不居,轻轻流过,流出咸咸的泪,长大了便是青苔。猫懂春天该做什么,却被安静吓走。

我一直觉得壶边会有"寒夜客来茶当酒"的紫砂高手;会有溪谷兰香的小盏;会有一剪寒梅浸出的雪水;会有蛮腰蚕眉的红袖;会有明心见性的冈仓天心。

青山绿水有亭翼然,落英缤纷,蝉鸣高树,主问客答,《诗经》《楚辞》。而一缕淡烟斜出,正松溪煮茗。雅是雅,一壶水烧开不容易,活是仆人来干,雅集者作诗,看他的风景。我一切自己做,按一下电钮一千五百度,几分钟"哗哗"水开。古人比我多情,我比古人轻快自在。

与人打交道最难。壶信首低眉坦荡,俨俨君子之风。看之心安,抚之轻松,是生命原点也几近落点,一种无奈中的有奈。观壶,好想予我壶之天大洪先生:云山苍苍,江水泱泱,先生之风,山高水长。

雪 忆

"谢太傅雪日内集,与儿女讲论文义。俄而雪骤,公欣然曰:'白雪纷纷何所似?'兄子胡儿曰:'撒盐空中差可拟。'兄女曰:'未若柳絮因风起。'公大笑乐。"大雪飞扬,有人坐小室喝咖啡,有人下馆子涮羊肉,魏晋豪族则把握时机,对后生进行诗文训练。这则雪的故事记载在刘义庆的巨著《世说新语》里。从前,看叔叔画雪,总认为雪不是颜色。有一天,我突然明白了,雪让干瘪的北方丰腴、有温度。北方冬天的物事都被雪牵连、统一。雪给世界一张白纸,物事都成了这张纸上的画儿。岑参写"北风卷地白草折,胡天八月即飞雪",刘长卿作"日暮苍山远,天寒白屋贫"。

雪不是寒冷。生命中对雪的反复体验、记忆,雪已经变成一种力量和温暖,它成为北方荒寒岑寂中敏感的花朵。文人雅士在雪中等待梅的消息，等待春去春又回。释敬安的心很静："垂钓板桥东，雪压蓑衣冷。江寒水不流，鱼嚼梅花影。"天地大寒，江流阻滞，释敬安垂杆桥东，钓着钓着，他看见了一种奇异的景致，鱼嚼梅影，怎么可能呢？这是先生心中的像。一念心清静，处处莲花生。至于绿，那该是梅之后的事了。等待有远古的美，是灌夫田叟的必修课。北方漫长的冬日培养了人的韧性，也让人学会了等待，不去做揠苗助长的蠢事。大唐宰相韩退之在早春的厅堂间踱步，他盼着春来，见不到灿然明亮的春敷，感觉十分寂寞。他望着轻轻穿飞的雪花，眼睛一亮，吟出"白雪却嫌春色晚，故穿庭树作飞花"。诸公，不是我韩退之矫情，看，是雪这样想的。

一个雪夜，袁子才于仓山小筑中吹熄灯。明月映照着积雪，天地一白，他写了一首诗，借着雪将内心的安静化到了极致，"沉沉更鼓声，渐渐人声绝。吹灯窗更明，月照一天雪"。小时候，在月明雪夜，吹灭了灯，躺在暖乎乎的土炕上，看寒风慢慢地搜刮院子中的树枝。院外偶尔有一个人的脚步声，就侧耳细听。走过了，脚踩在雪地上"咯吱、咯吱"，像负重的扁担声音，渐渐地远了。邻近的队里传来几声狗吠，想来是夜行的路人到达了那里。孩时的经验如一棵老树的年龄，不断地叠加、沉淀，有一天，终于被我们发现，原来有许多与生命生活不太相关的物事，都悄悄地异化成有生命记忆的巨树大石。

我喜欢明代刘俊的《雪夜访普图》。帝王夜访，为臣当然是倾其所有，室内炉火正旺，炙子上烧烤着什么，膝边的锦盒里盛着宵夜的点心，仆主眉目相对，谈机正盛。茶汤也凉了，红袖欲添香，怎奈君王仁德，臣子忠厚，便执壶廊庑，不忍相扰。大雪压住湖石修篁，暗示瑞雪丰年。夜阑更深，万籁俱静，候在门外的太祖随从已冻得手脚发麻，瑟缩一团。画中的红地毯赫然在目，给皑皑大雪覆盖的冬日透映着融融暖意，徐徐地漾出大宋早春的色彩。那是春和景明、蒸蒸日上的帝国时代，是人人都在心中渴慕的文化盛世。我求画家朋友临摹了一张，挂小室墙上。在枯寂的冬日，我盼着雪来，让白雪滋润枯寒，让大地肥硕起来。也常常伫立于南窗之下凝视满天的大雪，用生命经验将它凝成似曾相识的模样。时间带走了无数美好，也在不经意间又把往昔的暖意带了回来。

第三辑 浅 饮

先 生

我在高原上行走,与之偶遇,便有了不解情缘。

先生于林边伫立,没有说话,淡淡一笑,我便茅塞顿开。从此,浪迹天涯不再迷路,灯红酒绿不被诱惑。曾经沧海难为水,除却巫山不是云,因为有先生。

先生的本事不仅将时间的刻度拉长,且转回从前。我俯首看一个孩子,听孩子的认真,听命于白发苍苍的婆婆,看生命本相。我们慢慢聊,至黄昏,至星夜,至忘了归家的时间。我梦游秘境,似乎惊出一身冷汗,是我吗?捏一捏,不信;掐一把,还真的是我。先生这等神妙,令我喜出望外,便溢于表。

有先生更容易思考。不是地位财富,是厚重的人生味道。我慢慢地回味,慢慢地咀嚼。往事如烟,一切都充满质感,充满幸福,都有新的感觉和发现。

先生是大师。让人身心沉醉，也洗心革面。我品着身边的这位女人，她从何方而来，又向何方去，是哪一年皈依吾门？我想象她的年轻，柔软如丝绸，舒缓如瑜伽，浪漫如云朵，修长似流水。我是否有过不敬和亵渎？让我再回一次从前吧，让我重新开始，让我虔诚地捧起这本沉甸甸的大书慢慢品读。

先生远足，让我独自入眠。被子柔软蓬松，体贴入微，比起与先生在一起的感觉一切都是虚度。我触碰了先生，便破了戒。我在天上，下不来，也不想下来。与先生小别，味道还在。

我喜欢先生从长山秀水归来，仙风道骨，略带苦底，生津回甘，如坐春风。也让我有一个小小的刺激和起伏，辛辣使人生从容。得来全不费功夫使你意气消沉，让你身子软下来于无声处。

我累了，告诫自己：现在还不能歇息，一歇息恐怕就站不起来。先生安慰我，替我疗伤，让我找回感觉。那感觉适合干事创业，也不缺少信心和勇气。走下去，你还年轻，这是先生说的。待我真正告老还乡，先生说还要陪我，与我深度PK。

我喜欢先生。喜欢先生含我于口的滋润，如轻轻落霞。更喜欢先生托我心生层云，如青山拔地。

　　正襟危坐，笑对春风。

　　茅屋浅雨，幽园小径。

　　岁月知味，霜重九秋。

　　红泥小炉，待客天明。

　　你好，先生。

等 你

你睡了。当我收起朝露，收起淡紫色的霞，你便睡了。我低着头，静静地走着，心在笑。我是水，在前面的茶庄等你。

你是睡在布朗族姑娘的背篓里，拉祜族老人的村寨里。村民用古老的方式为你沐浴，举行成年礼。用漂洗干净的棕叶和竹篾包裹起来，打上封号，送你进时光之仓。

时间如黑夜悠长。你脸色苍白，是不是因为漫长和寂寞？你选择了品质，就注定漫长和寂寞。路很远，"有不见者，三十六年"，也许更长，干脆把你忘了，像忘了风，忘了时间，忘了阳光。我是水，我在前面的茶庄等你。

渐渐地，你的脸上有了红润，体温也高起来，吧嗒吧嗒小嘴，倒头又睡，脸上泛着甜蜜的笑容。你是不是做梦了？梦见山上的祖父母，梦见老实憨厚的亲爹亲娘，他们都在哪里呢？是和你一样睡在梦里，还是已经醒来，到达了目的地。还有你的小姊妹，大多也还睡着。不过有几个不想再修行了，她们挨不过寂寞的刀子，耐不住修行的禅宗味道，已经被心仪的客人带走了。你梦见都市，人声鼎沸，你躲在城市安静的一隅，看灯火阑珊，优哉游哉。你在静静的乡间，与智人慢慢地聊……

昨天，又有一个姊妹以绰约的风姿步入夜的红尘。在昆明湖的大观园，有七八个先生一睹芳容，阵势如戛纳电影节徐徐出场的明星。那轻轻飘洒的长发，那顾盼生辉的眸子，令青山失色，秀水哑言。香体初如星月，继而大江潮涌。我被故事深深地感动。我是水，在前面的茶庄等你。

你不追星，只是等待，精彩在时光中演绎。冷吗？我可以在灶塘为你生火，给你加一件夹衣。你执拗，就这样吧，反正是修行，减衣食增福寿。热吗？望一眼头上的星河，星河是万年前的颜色，颜色是天街的冷水。

我默默地守，守你如发了宏愿的地藏王菩萨。有什么事情向老态龙钟的更夫说说，你忘记了，是他抱着你进仓的。前几天，他偷偷地拿了你的照片给我，我激动。是你吗？芨芨草竟变成了出水芙蓉。夜里，我做了梦，见你在故乡的密林,是一只白色的孔雀,在洛水,飘飘然,灿灿然,若凌波仙子。我还梦见中原和南国的花市,梦见姚黄、魏紫,梦见炮仗花和迎春……

我是水,在前面的茶庄等你。

生命的叶子

叶子,就是这些充满生命传奇的茶树叶子,让我在景迈山的日子为之动情。

叶子从泥土的芬芳中缓缓长出,从沧桑的枝丫中轻轻爆绽。当它与人类擦肩而过,立刻拨动了人类先祖的嗅觉和灵感,把它奉为能解百毒的灵丹妙药;之后也成了世代相袭的南方濮人的衣食父母;它走出大山的碧波万顷,涉过溪水驿站,奉于庙堂之高,成为达官贵人的时尚饮品;辗转于马背驼峰,成为北方游牧民族的生命之饮;和中国的丝绸、瓷器一样,被装上艘艘商船,漂洋过海,访问异国他乡,是友好的使者、东方古老文明的象征。叶子,就是这片叶子,它是岁月的留声机,是精神矍铄的时光老人。

这片叶子,数年不死,百年不僵。它不仅仅是生命,还承载着一个古老的东方民族的优雅品质,与自然默契,与人为善,和谐共存。它是自然生态的拜物教,是古老的东方美学、儒风道脉的完美传承。

就是这片叶子,让你像孩子一样,慢慢地静下来,感悟生命的流动,圣人一样教你如何使用和享受生命。让生命如水,翻江倒海,荡气回肠;让生命如云,来去无踪,淡泊从容。

你欣赏叶子,品味叶子,你才第一次登上生命之巅,体味生命的华美和自由。当你凝神静气,就会有生命的舞蹈和灵动。它是有着一双红色的薄薄的羽翼,像呼吸一样轻轻地脉动,是秋虫诗意地呢哝,是摇摇欲坠的青涩泣露。你可以体会温度,那是一方柔软的丝绸,不经意间在胴体的腰间滑落,和着豪迈的大唐风韵和丝丝入扣的宋词婉约。那是空气的温度,月光的温度,是香喷喷的茶汤的金黄的诱惑。如此,你也会想起成熟的麦子和麦香味。一位慈祥的母亲正捧起刚刚出炉的麦味面包让你品尝,不用别的,光那眼神里传达的甜蜜信息,足以让你六神无主,幸福地轻轻合眼了。而麦田正被阳光荡漾,如女孩子一样不胜羞涩地起伏。

这时,你也许还会发现一条如烟囱一样的绿色生命通道。它绕开了满是雾霾的都市,另辟蹊径,轻轻地拉开门栓,你瞬间豁然开朗。生命兴奋了,豁达了,你便有高天牧云、秋江放棹的胸襟和气量。生命的弱小不安被纠正,正信步地走向强大和自觉。

谢谢生命的叶子,谢谢景迈山。不过,我也在想:叶子感动了我,我是不是也感动了叶子?

王 与 后

闲时,乐意临摹大师的画消磨时光。朋友便问吴昌硕和齐白石的画谁好?我先是瞠目,继而回答:都好。中庸!朋友反驳。我只好摇头不语。吴齐均是中国画泰斗,在中国画创新上都做过积极的探索和贡献,都有自己的风格和流派。吴昌硕笔酣墨健,齐白石意趣横生,给两位大师分个高下,实在武断,冤枉!

中国八大菜系,鲁苏粤川、浙闽湘徽分别代表了不同的地域特点,用材不一,烹调各异,色香味形各具特色,能简单地论谁好谁坏吗?

再有你能说孙俪和范冰冰谁漂亮吗?

普洱茶更生之后,茶界和茶人又不断抛出王与后的话题。先说,易武为王,班章为后。又说,景迈为王,易武为后,班章冰岛威武大将军。鄙人觉得这些话题很是无聊。易武也好，班章也罢，都是普洱茶产地，或牌子。它们都共同地代表了中国普洱茶，是中国普洱茶文化的一部分。从特点上看，易武刚柔兼济，中庸些；景迈茶有花蜜味，得樟兰之香；班章、冰岛个性十足，更霸气些。一个大家族，各有所长，各有所短，为什么非要拼个高下死活呢？对饮者而言，也只是一个偏好和倾向而已。再有所谓王和后的说法，也只是一些文人茶客的形容词，缺乏必要的科学支撑和使人信服的统计数据。更狭隘的是，竟以产地大小来论王、后。瑞士的小镇达沃斯虽小，可世人谁不知晓？德国的特利尔也小，可诞生过卡尔·马克思。还有也不能单单历史地论，谁做过贡茶，谁产过号级茶，那是古人的作为和思想，历史证明的是过去，不能代表现在和未来。随着科技的发展，我们还会有新的发展和创新。"江山代有才人出，各领风骚数百年。"

　　要么是孔方兄作祟，要么心胸狭窄。保持自己的品质和个性，并包容别人，才是发展的自然和必然。

肉桂老枞

枞,就是苔藓。它小心翼翼地浮到茶树上,日子长了,就在茶树的枝枝蔓蔓上安家。那一星一星的树枞,像一滴滴彩墨,不断地游走,浸润,聚散。茶树有了耐人寻味的层次,不再是一色的呆板凝滞。枞以树为倚,活得好好的;树以枞为裳,美美的,暖暖的。各得其所,相安无碍。

茶人看见了枞,以及枞衍生的家族,也仿佛看见了岁月游走的暗痕。茶人充满了心事,她摸了一下粗糙的脸,依稀想起了自己粉嫩的青春,时间浅浅地、浅浅地划过,如鸟的翼。女人的老是最让人心惊的,幸亏茶树正盛放淡金的花朵。而茶树的价值却因了时间而日甚一日。爱屋及乌,枞被抬爱、神化。这是熵,也是文化。文化的色彩本来炫目,犹如霓裳,是岚烟云霭,浮浮荡荡,称不出重量,却力鼎千钧。

袁子才晚年造访武夷山,《随园食单》写道:"余向不喜武夷茶,嫌其浓苦如饮药。然丙午秋,余游武夷到幔亭峰,天游诸处,僧人争以献茶。杯小如胡桃,壶小如香橼,每斟无一两。上口不忍遽咽,先嗅其香,再试其味,徐徐咀嚼,而体贴之。果然,清芬扑鼻,舌有余甘。一杯之后,再试一二杯,令人释燥平矜,怡情悦性。"袁子才何人,就是袁枚呀,三十三岁辞别官场,卜居南京作随园,文章诗酒,一代才子,闲人。

二〇一四年春,我入武夷山,得江西商人杨刚先生肉桂老枞两听。我于书斋静坐,烹之,枞味漫溾,感觉是什么人攥住了屋宇的两端,时间在此刻休息,静止,一切美就停在那里,任我挑选,任我享用。小室以内,草木清芬,涧关烟雨,而神思已是清扬之姿,远上九霄了。

喝 茶

晚饭之后,她收拾妥当,笑吟吟地过来。"喝茶吗?"她问。"嗯。"我点头。我知道,她是渴望用这种方式把我们在一起的时光多留一些,这想法也不单是她自己。

一个老旧的茶盘端上来,依稀地雕刻着往昔温暖的时光。开水是从后面的房子里提出来的,她提水的时候,显得吃力。她的手臂好像提不起那么重的分量。她慢慢地温了壶和杯子,便来取茶。因为罐子盖得紧,要用力气,脸红了,不好意思地笑,可能是怕我笑她,就自嘲。这事只有精明的女人才能做出来。

茶匙在罐子里一下子一下子慢慢地勺着,生怕把那些熟睡的叶子吵醒。那些曾经长在树枝上的轻梦,可能在被一只纤细的手捏下的时候也没有醒过,就这样便结束了匆匆的青春。今夜也绝不会醒来,因为这手比之前的更柔、更轻。一会儿,茶汤就酿好了,也是那双白得有点可怜的小手递过来，温温的，轻轻的，什么也没有惊动。汤是琥珀色的，透过玻璃的厚壁射出足金的光芒。我猜想，这光芒的背后是一片浩瀚的沙漠，一支偌大的驼队正款款走来，有人喝酒，有人讲一千零一夜的故事。许是这颜色的诱导，小屋子也一下子温暖起来。

茶汤是旋进杯子的，愉快地舞蹈。末了，是梦色的裙裾慢慢地飘浮着，又慢慢地如梦一般落下。吃茶便是吃梦，把从前的咽下，留作永恒；把未来的细细咀嚼，并想象着潮红的滋味，只是把眼下忘得干净。"好喝吗？"她问话的时候，才把那飘远的魂儿叫了回来。一句话，便没了，也只是朝着我笑，幸福和满足写在脸上，当然也有驿动的风骚和关不住的女人多情的从容。我燃上一支香，不是别的，只想把那浓烈的温暖的氛围驱赶一下，使我醉得不会太深。今夜我是皇帝，这小屋子里的乾坤是我独自占着，可我又不能占着。就是昨天，我已经领了任务，去做一件与她有关的特别特别重要的事情。此去经年，只是她并不晓得。

"再喝一杯吧？"她轻声说，脸和身子也凑过来，那声音不是说，是呼出来的，并有很强的磁性。我没敢看她。我的名字此刻是否已经写到她的脸上。我站起来，不敢说话，踉跄地回到房间插上门。墙上的笨钟重重地敲了十二下。这是甲午南方都市的子夜，是日，也是我的生日。

茶 艺 师

说茶艺师漂亮并不准确,正确的表述应该是亲切,耐人寻味。

说不漂亮,是胖子的话。这小子精于算计,对漂亮的女人一码削价三分,褒贬是真正的买主!亲切是大家讲的。有两次茶艺师有事,玩汤换水的事便由胖子应着。干这事胖子不算外行,活干得也算挺柔,不管怎么做,男人们就说茶味不对。空气沉闷,不到九点,找个理由散了。茶艺师到了,男人们如打了鸡血,立马精神抖擞,打开话匣子,滔滔不绝。有时夜里十点钟,有电话来,问茶艺师在不在,只要在,人立刻就到。十二点了,即使干了一天的活,也不觉得疲倦。有公干出差,本该早睡早起,也说不忙不忙,来得及,明天可以车上睡。好像早退一会儿,有好事会被落下。什么好事?茶已经喝到足脖,只是借口、装饰，只为多看眼茶艺师，陪茶艺师聊聊。茶艺师并不说话，只是听着，讲对了，便冲你笑，那笑有吸附性，这时的男人便定格了。于是其他人的眼睛便在茶艺师和被赞许眼光盯着的人之间转悠，嫉妒地盼着茶艺师的眼神快点离开。不过她的眼神不会遭到诋毁，那是一块纯净的蓝，能养活恐龙季的桫椤，能适应天真无邪的上古人类。眼神是最好的奖赏。于是口无遮拦，海阔天空，讲到腥臊的地方，大家的眼光又一起投向茶艺师，看她反应如何，像解一道三次方程式，爷们都成了主考。有一朵绯红如桃花落在她的脸上，额顶也散了些许，捂着嘴笑笑，云便散了，爷们便松了口气，也把悬着的心沉下来。那笑是温暖的，有阳光的温度，却让人可怜，心生怀念，因为这么亲切的笑已经很少见了。物以稀为贵，就渴呗！但大家都知道这不是止渴，是一种奢侈享受。在平淡中筑一道微澜，生活艺术化，平民贵族化，照耀一次足矣。

茶艺师并非生于茶乡，却面似茶花，体若茶香，她若逝去亦当带着茶的微笑和悠然。茶是优雅的艺术，浪漫的艺术，让你游目骋怀。她的举止有舞蹈的规范和节奏，却飘逸如云如水般轻轻，是早春田畴里烟样的暮霭，是夏日雨后的虹，不经意间又被风吹散。她在空寂和无我中涅槃，并更生一片崭新。

有时，有些与生俱来的习惯是不能抹去的，否则便扼杀了天性和美丽。茶泡的时间长了，她便会舒展腰肢，那时最可怜的还是胖子，就那么傻乎乎地看着，末了，还感动得惊呼。惊呼也是一种态度，表明已被感动和感动的程度，或许也触碰了痛处。不过那的确是一种美，像一种仪式，一种古老的印度瑜伽，浪漫地张开，轻轻地闭合。一个周天，如一幅画，似乎看见了什么，又没有，一切皆因想象，皆因美好。惊艳是她舒缓地起立和转身的节奏，那一转便在腰间流出膏腴和肥硕，好像把这个世纪的美都翻转了去，把男人的跃跃欲试统统秒杀。我没见过，今后也不会有了。这是一种禅，一种期待类的契合，说不定哪一天的一幅画、一段文字、一个声音，会被她温柔地俘虏。那一瞬间，她可能也期待地回望自己，顾长、忧伤和美丽的寂寞。我看见她柔情似水，更深窥她的达观、坚硬。

昨天，茶艺师走了，嫁出好远。这个城市丢了魂魄，男人们心里空荡，我写我的文字。美依旧。

周日茶禅

没多大工夫,铁壶里的水便倒海翻江。从壶嘴和壶盖里喷射而出的热气和镝鸣证明壶水已开得兴奋不已,破门待嫁。我掰一块刮风寨生饼,习惯地嗅一下,即刻投水。水激情澎湃,紫砂壶里的茶叶便瞬间被唤醒,叶子如孔雀晨起,舒缓腰身,一如电视里蓓蕾初绽的慢镜头。香气从杯中膨出,冲出很高,接着便徐徐袅娜,很快弥漫了小小的房间。星期天,都休息了,办公的房间异常清静。日落月升,一个事物的消减或隐匿,另一个事物便会凸显出来。春看花,夏观瀑,秋思叶落,冬眠雪肥。晨里旭日东升,夜则山高月小。我安静了,茶便喧嚣;我是清客,茶即主人。因为一个人独酌,便不那么讲究,一切从简,把成熟的茶汤折进另一只空杯便可以了。我喝普洱的时间不长,但一喝便觉得众香失色,相见恨晚。没拜谒过五十年前的"遗老遗少",也没邂逅百年的晚清"老古董"。越陈越香倒是听说,可偏爱三年两年的愣头青饼,淡淡的苦涩抵掩不住香气盈口,宽厚霸气,冲顶微汗,令人满足。我面向窗子坐下,轻轻小酌,便觉满口盈香,醇厚流韵。很想豪饮,来一次北方汉子的痛快,无奈水温太高,只好斯文。于是将杯子放下,琢磨其中的茶汤:杯水且如一湖,浓雾被晨风吹起,风没有力量,像不经世事的丫鬟扶不起肥硕小醉的杨玉环。想起老缶的句子:"绝类香山老居士,小红扶醉著青衣。"

阳光撕开湖面朦胧的一角,隐约的苇丛中渔舟缓缓撑出,不像是有鱼的湖子,尽是画意。想深入些什么,又被水雾弥盖了。水汽特浓的时候,则高天流云,瞬息万变,如人世间患得患失的缘分。我是观者,此时居高临下,一切都可把握,不能把握的是茶叶和从水中轻轻释出的氤氲。那叶子年轻的时候便束手就擒,让她睡去却不知什么时候又将她们唤起,很像远古的奴婢,听从主人传唤、役使,活在当下不知明天。因为纲和目都攥在主人手里,可扬可抑、可怒可喜,生杀予夺也在情理之内。如此,背生凉意,我感觉茶之生命的凄苦和悲惨,恰如薄命的红颜,只是为人欣赏着、服务着、玩弄着、贡献着,唯独没有自己。属于自己之时却在转角处瘫了、散了，化作埃土。

茶香愈浓，像微风吹过平静的湖面，莲便醉了，羞涩地低头，被风和水联手俘虏。我静静地闭上眼睛，不知道此时此种姿势是为什么？是我的场被茶的场占据，在轻轻中将我漫延，抑或是我不胜诱惑，入了茶的禅，被想象迷魂？

楼前广场上，人渐渐多起来。从高远处看，仿佛不及我之十分之一。于是，想起佛，佛观大千世界是不是也当如此。广场上的人向我的楼上仰望，但我相信，他们一定是寻我不见，因为我离他们很高很远，且在暗处，有窗子包裹。佛是在的，我们观佛不见很自然。也许睁眼所见全部幻象，闭目冥想得来的才真。

茶温，持杯牛饮，醍醐灌顶。

药　茶

晨起，生火瀹茶，瀹药茶。芡实五克，陈皮六克，熟普洱七克，加水同煮，至汤稠，趁热饮。此是德秀先生从北京城淘的膳方，益气温中，治脾虚胃寒，大便无形之症。试饮几日，颇有功效。

等着药茶开，读唐人张鹄《过张老园林》诗。写得真好，我读给你听听：

　　身老无修饰，头巾用白纱。
　　开门朝扫径，辇水夜浇花。
　　药气闻深巷，桐荫到数家。
　　不愁还酒债，腰下有丹砂。

诗是写给我的，写给全体退休职工的。给工资，有医保，闲不住，打扫庭院，提水浇花。幸福地养老吧！

北方冬天冷，我不摆浪，戴一顶绒线小帽，暖和。前日去北京王府井看老北京布鞋,朋友拦我,说土。我说,老头用这个最宜。一双老北京棉布鞋三百六十八元,我嫌贵,讲价,朋友说我吝啬。我说,不是,我大妈花五十元能做一双。最后,我胜了。新布鞋合脚,整日穿着,晚上散步也用。鞋底沾了"牛筋",不滑溜,不透水,踩轻雪上,"咯嗞咯嗞"挺有感觉。

家有小园七十平方米,植不了膀大腰圆的青桐子,却有紫藤两株,修长粗壮者曰"霸王",娇小纤细者叫"公主"。紫藤花讲究,雅淡,贵气。苏州拙政园有株老藤,相传为明代画家文徵明手植。清光绪年间,两江总督端方书石刻横额"蒙茸一架自成林"。高伯雨老友范君,于苏州致信高伯雨:"老兄最喜欢的文衡山手植紫藤,今年花开极盛,故老言三十年所罕见,真盛世也!"用心读书,无事看花,正文人雅意。去年春夏之交,我灌"霸王"水肥半桶,"霸王"顿生登云之意,不消月余,枝条蔓生,直取邻居张兄二楼檐口。我见"霸王"这番癫狂,翻上园墙,提剪欲斩去凌空入侵张兄檐口的花枝。谁料,张兄却百般阻拦:"我喜欢看,让它长!"我借花献兄。张兄逢人便讲,说我家园中有两株花最好看,有人问我,我抿嘴儿笑。紫藤花可食,梁实秋先生说:"我家小园有一架紫藤,花开累累,满树满枝,乃摘少许,洗净,送交饽饽铺代制萝饼,鲜花新制味自不同。"我没有试过园中两株紫藤花的味道,每年它们都自产自销,吃土还土。我养紫藤,只为看花。

药茶开了,壶水迎着朝阳,劈波斩浪,犹一微缩之海。米香、药香、茶香、水汽氤氲一室。我不饮酒,不担心酒债。绿茶、红茶、普洱,哪怕药茶,还是喜欢饮几杯。不摆谱,写小短文换,节省着用,也算够了。

若 悟

壶水喧哗，白色的水汽升腾弥漫，像一列老式火车驶进月台，夸张炫耀，令人想起一八七七年莫奈先生的油画《圣拉扎尔火车站》，想起法国工业革命时期的兴奋和欣欣向荣。

热闹的元旦假期很快结束，妻子送孩子去高铁站，屋子里只有我。暂时还没有关掉壶水开关的想法，让它尽情折腾，闹吧。这样，屋子里寂寞的疼痛会稍稍轻些。我拿起书想阅读止痛，完成从一个世界向另一个世界的穿越。一只不知名字的鸟儿落在紫藤树上，稍息，又飞。看样子是路过，没有久留。紫藤树规矩地安静，没有表情。生命最为本真的季节，没有浮夸和装修，让你一览无余而又一眼到底。种子还在树上，这个寒冷的季节它不会轻易离开母体，它也是花，花的成熟，成熟的花。我感觉花的坚持。春风骀荡，那些种子纷纷钻进潮湿的泥土，生根发芽。很可惜，在紫园只能跌落在青石上。我将它们一粒粒小心翼翼地拾起包好，分赠给要好的朋友，有一些远走他乡，甚至在江南入土生根，开出艳丽的花朵。

  我想起自己，祖籍河北，祖父母来到东北，没再走，儿孙们就成了东北人，现在再让我回到老家河北反而陌生。孩子在北京读的大学，现在也在北京工作，慢慢地也变成了北京人。如今还不时叨念着家，等外孙那辈恐怕对东北也味寡如水了。元旦之前，盼孩子回家，刚刚回来，又走；春节还会回来，再走。哪一个是开始，哪一个是结尾？走为了回来，还是回来为了走？也如园中的花开花落吧！开有开的味道，落有落的清净。我提起激情澎湃的水，拷问熟睡的老茶。

云 水 间

哈尔滨籍的画家赵光华先生颇爱玉，也深爱产玉的岫岩。许是图赏玉、购玉方便，在玉都的繁华段上，便有了一间茶坊，唤作云水间。

云水间的法人是赵先生，可真正打理坊间事物的却是他的夫人王立晶女士。赵先生呢？只是偶尔走走面子，请岫岩的熟人吃吃酒，说说外面世界的精彩事儿。等调到北京工作之后，老赵回云水间的次数就更加少了。不过少是少了，每次和老赵一起来云水间的，可都是文艺界的范儿，比如书法界的大佬，北京徐悲鸿画院的老师们，齐派的正宗传人。这时，宝瑞画院的李先生，县文联的悦山主席、冯大先生等都会到场。虽说是赏玉鉴玉，但文人雅集，酒足饭饱之后，也会有些墨意画趣，给本来静寂的小小山城平添许多声色。光华先生是性情中人，喜欢喝酒。

但酒量不是很好，酒过三巡，便会探嗓，急着为客人来上几句京腔。不能说字正腔圆，倒蛮投入的。光华先生说他小时候演过戏，这话当不差。云水间每逢年节的时候，都会自排自演一些小节目，与茶客分享。有时也邀你一起下场，不存在演得好坏，重在参与，遣兴而已。有一次，光华演船夫，茶童阿南和平儿演坐船头的姊妹，表演尹相杰和于文华的《纤夫的爱》，一仆二主，调情骂趣，直叫人笑得前仰后合。

　　光华不在的时候，生意也不差。王立晶属羊，那时，大概四十二三岁的光景，生得白皙俊俏，虽说徐娘半老，女人的滋味犹在。别听有人叫她老黄瓜、豆腐渣，心里想啥，我全清楚。不过来的茶客倒没有全这么狭隘，图的是云水间的雅致和一点温乎乎的文人情怀。王立晶早先裱过书画，后来钻研茶道，说起文化也不外行，半个文人呢！高兴的时候，也会把她收藏的几件宝贝拿出来让人瞧瞧。有一只瓷笔筒，画的是仙人乘槎，笔法苍劲老道，浅绛彩的；还有一幅冯法祀先生的油画，真迹。别的印象不深。

　　大概二〇一〇年前后，云水间的生意好像很淡。后来知道，是光华先生得了重病，王立晶去北京陪护，家里的事由阿南和平儿打理。那时，她们还是不谙世事的孩子，生意经上自然会差些，凝聚力也肯定不如从前。

我有公务在身，没抽出时间去看光华，以为过段时间光华也会平安回来。万万不会想到疾病这么快，就把一个爱说爱笑爱生活的一米八几的东北大汉撂倒了。

又过了月许，王立晶在电话里找我，约我到云水间小坐，我应允。人消瘦了许多，且抽了烟。"云水间要关了。"她淡淡地说。意外，也在意料之内。我沉默了一会，问她有什么需要帮忙的。"没什么，谢谢大家对我们的关照。"为了生计，她要领女儿回老家哈尔滨了。然后又慢慢地起身，递我一个小小的盒子，说是光华在弥留之际为我刻的，作个纪念。我内心很清楚，光华先生在京城没挣什么大钱，也只是在文人的圈子里混混，沾一点点名声而已。我小心翼翼地打开盒子，是一方书画闲章，仔细辨认，有两个阳刻的小字：随缘。我没说话，轻轻地点了头。

云水间不在了，已改作歌厅。那时的文人情怀和云水风度已被一波一波的现代歌潮掩埋了。但想起从前或打此走过的时候，小知识分子的人文情怀还是在胸间荡漾。

第四辑　小　食

秋水芙蓉

忽觉腹中小饿，遂放下林语堂的《苏东坡传》。临进厨房的门，又瞥了一眼，不舍。林的文笔真好！一个人居家，读书，听歌，思考，样样清欢。饮食起居虽不饥寒交迫，但捉襟见肘，时有小难，全不是从前的衣来伸手，饭来张口。

菜台有蔬菜一包，想起，是中午傅先生所赐。瞧瞧，一包生菜，敦实朴茂，嫣红翠紫，令人喜欢。

取青花大盘一只，小钵一个，于水池边清洗。水池是城里人家的泉，临泉择蔬，有振衣濯足的感觉。菜很小，竭泽而渔，带根拔起，我猜想，这是秋天最后一茬了。小菜只有五六片叶子，红中趋绛，像高原红的脸，这是低温强光所致，说过了，已经到了生长的最后界限。这种小菜蔬，只有住户的房前才有，而且要在夜里用塑料布遮盖，避免酷霜的侵袭。生菜的叶子椭圆，没有尖锐的刺，这是不擅长攻略的家族基因，亦步亦趋地伸延，是多么谨小慎微而精雕细刻。它们不会鲁莽行事，在一夜之间大开大合，功成名就。一切秘密全藏在皱皱巴巴的褶皱里。缜密多思的长处，也从不向人道来。各有各的活法，升斗小民的富庶，靠的是日积月累。我小心翼翼地摘，轻轻地擦洗，不是搓，不是揉，是轻轻地吹一口气，掸下叶子上的浮尘。一物降一物，志摩的诗，还是徽茵小姐读了才好听。人间四月天，人是春水，眼是柔波。

菜洗好，没有别的奢望了，这是雨夜唯一的餐食。我拿小白碟一只，滴老抽数滴，如脂，如几点小墨。在盘底仰俯了很久，我要宁化府香醋来凑热闹，一沉一浮的"酱釉"就在瓷白中纠缠，亲昵够了，彼此都安静下来。

菜叶上的水凝住了，不是刚才的弥漫。短暂的聚散，成就了珠圆的结构，晶莹剔透。星罗棋布的种种，各有各的位置，这是瞬间的杂乱之后，呈现的秩序和智慧，万物有灵且美。

叶脉是深邃的诗文，百转千回又一波三折，如裙，如姣好的绫罗，如凝露盛放的花朵。入口，一半水的清芬，一半菜的沉香，是好歌一首，留一半清醒，留一半醉。青春赌过了，花光了，"啜英咀华"吧。它们不是英，不曰华，在这个季节，在晚雨的夜，一个人，也是微温的花儿。"女娲炼石补天处，石破天惊逗秋雨。"李贺的秋雨也是花，他有才，不这么说，不是花，谁稀罕逗！我咀得也是花儿，芙蓉花儿，蘸着酱醋的秋水，渡我江口，入我津门，饱我肚腹，变成一天霜色。我有些高兴，来点炫的，将五片叶子叠加起来，拧巴一下，饕餮入口。我咬下去，如咬定江河湖海，小小的阻挡，几乎没有设防，被我咬碎了，菜香溢出来，一刹那的坚持，妥协了。这是季节的重味，连着牵挂，连着朴穆的泥土和生命泉流，一切都如此简单，治大国如烹小鲜。

老周冒雨推门，问我什么吃法，我说，秋水芙蓉吧。他就傻傻地笑，雨在他平阔的额头上流下来。

土　豆

谷雨的前一周，土地化通了。母亲将土豆种从菜窖里掏出来，堆在上屋地上，让芽眼里长出白嫩白嫩的幼芽，然后用掐刀将发育良好的幼芽带肉剜下来，野鸡蛋大小，就是栽子。剜完栽子的土豆叫土豆母子，并不丢弃，可以继续食用。土豆栽子剜好了，困上两天，新肉的地方便长出一层老皮，栽前用草木灰拌匀。草木灰杀菌，也是磷肥，增加土豆的肥力。用犁杖破开去年秋天的白菜垄，一拃多点一块，将土豆栽子摆进垄沟，上面滤上猪粪，合上垄，用锄头将垄打平，踩上隔子，就大功告成。估摸二十几天的工夫，地温渐渐升高，土豆苗便开始拱土。到了农历五月二十前后，秧尖上就开出一嘟噜一嘟噜的紫粉色小花，也有白颜色的，但花心都是黄颜色。土豆花很平淡，只有几只白色的小蝴蝶在土豆田里飞来飞去，我感到一种贫穷的颜色暗淡的寂寞。

土豆一开花,下面便开始长蛋。到了花期,地面也开始慢慢地变化,豆秧下面要裂出纵横交错的缝隙,拱出大小不一的土包包。顺着缝隙向下摸便有光溜溜的土豆碰手,令人欣慰。遇有灾年,为度饥荒,常在那些缝隙里摸出较大土豆充饥,谓之"摸门豆"。接近伏天,长高的土豆秧子上会聚集许多小虫子,头很小,勉强辨出眉眼,精灵古怪,橘红色的鞘翅上生着许多黑点,装束艳俗,像乡下不懂穿戴的俏女人。老家人不知道它的学名,叫它"花大姐"。"花大姐"专食土豆的嫩叶,它来的时候,土豆就要收了。大集体的时候,农历六月底,家家户户差不多把上一年分得的口粮吃光了。地里的玉米才刚刚起身,新粮还没有下来,青黄不接。我常说,老家人要感谢土豆,土豆整整养活了三代人呢!

盛夏时节,枫杨柳已结出穗头,枝叶葳蕤,把河水染成翠绿。此时,正是吃新土豆的季节。老家小河里整日都有洗土豆的大人孩子。大人见了面,总要论一论今年土豆的长势,谁家的得了,谁家的瞎了,种了什么品种,也把刚刚刨过土豆的镢头在河水里搅一搅,洗净上头的黏泥。孩子们不管这些,将土豆连着筐浸在水里用脚踹,靠土豆与土豆、土豆与筐之间的摩擦，把新起的土豆蹭得飞飞张张，皮肉有了分离，然后用石块在河边垒一个小泡子，将筐里的土豆倒进去，涮净筐，拿一羹匙，一块碎玻璃也行，把那飞飞张张的皮刮洗干净。那个季节，老家的饭几乎是一个套路：大铁锅炖土豆、豆角，贴一锅圈小饼子。不然就是烀一大锅土豆，土豆上头蒸一小钵子饭，外栽一碗鸡蛋酱。酱是蘸土豆用的，没有鸡蛋的时候，我母亲就在酱碗里加一些辣椒、茄子之类的蔬菜，点几滴豆油，调整口味。这两种做饭的方法节省柴火，也减少夏季炊煮的热量，经济实惠，老家叫"一锅出"。每餐一人分一个小饼子，或者蒸饭一小碗，其余靠土豆充饥。土豆有饱腹感，但不耐饥，吃了没多久，又饿了。祖母讲给我一个故事：说是哪家媳妇贴饼子，实在饿得慌，偷吃了一个，婆婆发现七个饼子而锅上却印着八个饼印，就怀疑儿媳妇。儿媳妇狡辩："江没底，海没边，牛没上牙，狗没肝。七条垄，八个背。七个饼子，八个印。"祖母是在讲饿死不下盗、屈死不告状的理，我却觉得饥肠辘辘的女人可怜。那时，家里很怕饭口上来人。让吧，饭有数；不让吧，又怕丢了人情。我老家有一车把式，一辈子孤寡。我母亲善良，常常让他在我家蹭饭，饭菜光了，母亲就拿半碗土豆充饥。记忆中土豆有几个品种。一个叫"红眼眉"。芽眼的地方呈紫红色，很像现在时髦女人涂抹的眼影。"红苹果"的外皮完全是水红色，像春天的水萝卜，搓去红皮，里面的肉和别的土豆也没什么两样。"一窝蜂"，也有人叫它"嘟噜黄"，一墩结二三十颗蛋，只是个头小，如一窝卵。这种黄土豆宜干煸，起沙干面。"穿地龙"高产，大个的如婴儿枕头，但不宜现食，放到冬天烀吃和炒吃都好，大概是存放了一段时间，糖分上来了，食之顺甜。最好食用的叫"洋土豆"，可能是最早的舶来品。秧苗极小，应该是退化的缘故，生长期短，起得迟一点，便看不见豆秧。一墩只结一两个果实，且常遭蛴螬咬食，多疤痕。冬天里，祖母常在火盆里烧食"洋土豆"。我们便守在火盆边上等，过了一阵儿，埋土豆的灰火里，"噗"的一声喷出一股气来，祖母便说："土豆姓刘，放屁就熟。"剥开烧熟的土豆，满屋子都是喷香喷香的味道。不知是哪一年，"洋土豆"不见了，现在已经绝种。土豆在一个地方种植时间长了就会退化减产，需要从纬度高、气温低的地方换种。我老家的土豆换种大多来自黑龙江和吉林。种过一年的新土豆叫"二茬毛"，产量极高，不容易弄到。调换土豆种也是一宗不错的买卖。后来，科学种田，在我工作过的大营子镇老平顶上,县里也自己繁育。

土豆性平味甘,富含蛋白质、矿物质、维生素,营养结构合理,有"地下苹果"之称。母亲常说,土豆白菜常年菜。我小的时候,土豆是主副食功能兼备。母亲常常将头一天吃不完的土豆剥皮后烩了吃,汤汁浓稠,很香。老家的农村大席上仍保留着"鸡汤烩土豆"这道名菜。母亲也用烀熟去皮的土豆腌制土豆瓣儿。做法简单,一个土豆切五六块,小土豆一刀拦开即可,加葱叶和盐少许腌成半咸半淡,如果方便,加一绺芹菜提味,更是极端美品。土豆炖食,不论与蔬菜,还是肉类为伍,都是绝配。"土豆烧牛肉"就是道名菜。土豆丝焯后,加辣椒面炝拌,三伏天,加啤酒一瓶,开胃,也是一种享受。母亲也将小土豆烀熟剥皮晒干,留作冬天炖菜。几个太阳之后,湿涝涝的土豆瓣儿变成了五分硬币大小,一划拉发出"嘎啦啦"的阳光的声音,就算干透了。

冬天,北风呜呜作响,窗外飘着寒冷的雪烟,坐在暖乎乎的土炕上,捧一碗热气腾腾的土豆干炖酸菜,那是奢侈,是土地主人的幸福。

白　菜

白露之后,紫园的白菜已经源源不断地收获了。末伏捻种,立秋前拱土,现在两三棵便能轻轻松松地把一个大盘子装得满满的。大白菜播种那天,可能是我在紫园的菜田中种下的第一首诗。白菜拱土时,一棵棵初生的白菜苗齐心协力地举起压在它们头上的泥土,经历千辛万苦,崭新的生命与阳光见面了,与紫园见面了。生命和生命之间是可以关照的,看着菜园里一天旺盛一天的生命,我的精神也饱满起来。

小时候,家里也有一块白菜田,也就是三分地大小,是家里唯一可以拥有的一块解决一家人吃菜用的菜田。春茬土豆、豆角,秋茬白菜、萝卜。为了稳产高产,家家户户基本一个模式,偶有哪家种一点儿葱、姜、韭菜之类已经很稀罕了,哪里像现在紫园里的菜田只是为创造一种生活的意趣和让劳动成为需要而生。赶上秋旱，为了不至于在接下来的一个漫长冬天饱受无菜下饭之苦，一早一晚，母亲就会领着我从大口水井里提水浇菜。先用井绳将水一桶一桶地提出井面，然后再一桶一桶地浇进白菜田里。特旱的年头，打水浇菜几乎是一秋的活计。活计虽累，但看着田里的白菜一天天长大，心中便泛起一阵阵麦浪似的甜。

大白菜原产我国北方，之后引种南方。明朝传到朝鲜，再后又传到日本和欧美。大白菜别名结球白菜、包心白菜、黄芽白、胶菜。原先可不叫这个名字，《诗经》里管白菜叫葑（fēng）、萝卜叫菲。"采葑采菲，无以下体？"就是说采摘白菜、萝卜只要茎叶，不要根部。这首叫《谷风》的诗，似乎是说一个女人的哀怨。说男人只取了她的美丽，而别的就弃之不要了。到了南北朝，白菜称菘。《齐书》："晔留王俭设食，盘中菘菜而已。"意思是说武陵昭王晔留王俭吃饭，只上了一盘白菜，很有现代的节俭味道。大白菜真正得名是宋朝的事。到了宋朝，肥大、结实、高产、滋味鲜美的优良白菜已培育成功。一个叫苏颂的人把菘的名字正式改成了白菜。他在《图经本草》中说："扬州一种菘，叶圆而大……啖之无渣，绝胜他土者，此所谓白菜。"

到今天为止，白菜成为"百菜之王"还是经历了漫长的历史过程。在中国蔬菜史上，占霸主地位的原是葵。《诗经·七月》有："七月烹葵及菽。"战国、秦、汉时期，最重要的五种蔬菜：葵、藿、薤、葱、韭。《素问》将葵列为榜首。北魏著名的农学家贾思勰著述《齐民要术》，第一篇讲的也是种葵。葵也不时地为文人关注，汉代诗歌每写菜园，必是"青青园中葵"；魏晋时期，也是动辄"绿葵含露""霜蒿绿葵"；而唐代的王摩诘"山中习静观朝槿，松下清斋折露葵"，仿佛有泠泠清韵，是多么优雅淡然的句子；元代的王祯还在他的《农书》中称葵为"百菜之王"。但葵的地位在历史的长河中不知不觉地被大白菜取而代之了。到了明代，植物学家王世懋在《蔬疏》中云："古人食菜必曰葵，今乃竟无称葵，不知何菜当之。"李时珍以"今人不复食之"为由，在《本草纲目》中已将葵从蔬菜家族扫地除名，干脆将它列入草类了。

我认真地琢磨过，农业史上，蔬菜种类繁多，大浪淘沙，为什么偏偏留下白菜？而白菜又一路过关斩将成为"百菜之王"？大白菜绝非等闲之辈。它有宽大的绿色菜叶和白色敦厚的菜帮。多重菜叶紧紧包裹在一起形成圆柱体，多数还会形成一个密密实实的菜头。小时候，秋分过后，母亲会让我到山坳里抽葛藤，回来之后，将葛藤一劈两半，将生长良好的白菜拦头捆住，不让大白菜叶受损，尽可能地延长大白菜的生长时间，将菜心包实。上冻之前再起回来，留成黄叶白。大白菜高产，上足了大水大肥，一棵能长十六七斤重，一亩地打下万儿八千斤的菜也稀松平常。

也许是从小在农村长大，出于对泥土的眷恋，我对大白菜有着难舍难分的情结。每年秋天，我都会让妻子美美地做上几顿大白菜清炖五花猪肉。白菜锅开了，大白菜浓浓的菜香飘入鼻口，我感觉那是土地的味道，是对自然的亲近和回归。在辽西住单身宿舍那两年，自己没办法吃到大白菜炖五花肉，馋得难忍，就求已经安了家的同事给做一顿。宋代的诗人范成大青睐桑麻之事，他在《四时田园杂兴》中这样写大白菜："拨雪挑来踏地菘，味如蜜藕更肥醲。"苏轼是美食家诗人，他写大白菜更玄乎："白菘类羔豚，冒土出熊蹯。"好吃是好吃，但能与乳猪、熊掌比肩，似乎有些过了。

白露忙割地，秋分无生田。秋一深，大田作物收割，田野一副老气横秋的样子，苍绿的只有一家一户的白菜田。在秋天最后的日子，白菜田挂起挑战者的旗帜，宣示着生命和生长的继续。那绿是耐人寻味的，确切地说，绿中隐约着白，隐约着黄，有秋天暖阳的色彩和明亮。那色彩和明亮是细嫩的，细嫩到让所有的坚硬都臣服起来，仿佛未来的一切希望和美好都囊括了。特别是月光朗照的夜，一层薄薄的氤氲之气就如纱似雾地泛在菜田上。也许是湿度和温差，也许是月光和白菜之间的一种莫逆，在这个特殊的夜，月亮给白菜一种月光的能量，那田中的白菜就会疯长，直到初冬。医学家李时珍在《本草纲目》中又记："菘性凌冬晚凋，四时常见，有松之操，故曰菘。今俗谓之白菜，其色青白也。"几句话，将滋味鲜美的大白菜又赋予了松树的情操。也可能正是这一点，大白菜也成了近现代画家笔下的常客。吴昌硕、齐白石、李苦禅、王雪涛都曾以此入画言志。日本东京张允中先生藏吴昌硕《白菜图》题曰："具区之精昆仑苹，玉蔬金菜仙厨珍。烟芽露甲堪素食，要与天地同长春。"齐白石《白菜》题款："四十离乡还复还，此根仰事喜加餐。老亲含笑问余道，果否朱门肉似山。"而黄山谷题云："不可使士大夫不知此味，不可使天下之民有此色。"振聋发聩，入木三分。

我家乡东北寒冷。有资料载,之前在缺乏食盐的地区发明了渍酸菜的方法储存大白菜,这种储存大白菜的方法延续至今。随着时间的推移,这种民俗饮食文化一再升华,酸菜炖猪肉粉条成了东北菜的代名词。酸菜炖肉,大碗喝酒,也成了东北人血性、坦荡、宽厚的性格象征。这块黑黑的土地繁育了生生不息的大白菜,也养育了杨靖宇、赵一曼,诞生了赵尚志、邓铁梅。到现在,雪村的歌这样唱:"俺们那嘎达都是东北人,俺们那嘎达特产高丽参,俺们那嘎达猪肉炖粉条,俺们那嘎达都是活雷锋……"

"翠花,上酸菜!"

蘑 菇

蘑菇的种类很多,我家乡最多的蘑菇叫"大粗腿"。初出如俄罗斯套娃,胖乎乎一个肉棒,很小很小的头,耐人亲相。一夜时间伞就大起来,如盘子,两天不采,自行堆萎。这种蘑菇在云南叫牛肝菌,大概是颜色颇似牛肝。出"大粗腿"的时候,有贩子开三轮车收购,一市斤收购价八元至十元不等。每日走街串巷,往返数次,收回盐渍后销到日本、韩国。

我十二岁那年,连雨三四日。雨停,跟邻居老奶上山采菇。老奶其实也就大我十来岁。我住佟家堡子,是佟姓的先祖跑马占地得来,佟姓辈分也大,街坊辈叫她老奶。我和老奶在柞树林子里钻来钻去,眼前一亮,树下草上一大片蘑菇如种植一般拦住去路。没一会儿,筐盛满了,我就用蒿杆子将蘑菇串起来,还是不行。干脆把裤子脱下来，将两个裤脚用树皮扎紧，两条裤腿就成了两只口袋。装满了菇，再把腰口处扎好。老奶笑，夸我聪明。不得已，她侧过身子将蓝布褂子脱下包裹蘑菇，上身就只剩下一件很小的白花旗布背心，许多位置收不进去。雪白细嫩的肌肤露在外面，甜奶味轻轻刺激我的鼻孔。那天，我开始感觉女人很美。

"大粗腿"去留里子，水焯，炒肉、炖鸡、炖土豆都是上等菜。如果菇采得多，鲜食不了，可以晒至干燥无水分，存放起来，用时温水泡开。也可盐渍，食前脱盐。焯好放冰柜里保存也是很好的方法，现食现化，不失本味。

初秋，小白菜一拃高，正好捡拾榛菇。榛菇和"大粗腿"不一样，不生柞树趟子里，长山脚沟边。个头小，初生如小奶豆，白花花一片，一个地方可采一筐或几筐。榛菇炖小鸡是家乡名菜。鸡要当年雏，隔年鸡不易熟，肉柴如木。老家有鸡，亮黄细腿，肉紫如"玫瑰香"，不知为何品系，我谓之"紫凤"。紫凤清炖榛菇，香浓滑嫩，庄河大骨鸡不可与之同日而语。

羊肚菌盖因形似羊肚而得名。菇头上套一个灰黑色的套子，酷似野蚕的茧，家乡又叫它茧套菇。母亲在的时候，每年于村边杨树林子里拣十块二十块，用青葱炒之作父亲的下酒菜。我吃过一两次，一箸入口，至今难忘。今年春天，在门前小市场上偶然遇见，问价，二百元一市斤，我二话没说，全部收编。去年，昆明机场超市卖干品，三千元一斤。

家乡的杂菇很多。有青盖子、红盖子、鸡腿、草帽子、白辣窝、松树脆、黏团子、变窝。变窝是菇的颜色会变，稍用手指拨弄菇肉，菇便立马变成钢笔水一样的蓝色。最美的菇叫鸡蛋黄，刚出土如一荷包蛋，黄被包裹在白嫩嫩的肉里。再长，露出一轮旭日的金红，非常耀眼。食之有青草之甜香，完全不是鸡蛋的滋味。还有一种菇叫扫帚菇，成片生，形如胖墩墩的扫帚苗，现在已经少见。茧枣树下有种小蘑菇叫倭瓜花，黄澄澄、金灿灿，一出一溜子。用倭瓜花炸酱，极鲜。油松林子里出的菇，色棕红，有油脂，模样古朴，若陈年老松，叫松树伞。炖出的汤汁呈棕红色，菇汤泡饭，天下第一美食。我在渤大中文系教书那年，于城西观音洞山有幸拣得二斤，回到集体宿舍，买三斤五花肉，大块芽姜清炖，邀单身朋友海吃，赞美之声不绝于耳。近几年辽东一带市场有人整车叫卖松树伞，其实是人工种植的红菇，食之味同嚼蜡，形似而质地天壤之别，与松树伞搭不上边儿。

陈年树段经雨淋之后也能生菇,谓之树姬。有柳树姬、杨树姬,也有楸树姬。冬天的元宝柳树林子出一种冬菇,棕黄色,与人工种植的滑子菇相似,叫油蘑菇。油蘑菇炖大白菜,阳春白雪,耐人寻味。

蘑菇是家乡的美食,也是世界级美食,抗癌,抗辐射,提高人体免疫能力。二〇〇八年,家乡开始大规模人工种植蘑菇,全县产菇量达到六十万吨。可惜二〇一二年大水,部分菇农受损,人工养菇业从此式微。

豆 腐

"豆腐,豆——豆——腐。"我还没睁眼,小区里就有人喊着卖豆腐。家家的门响了,出来买豆腐。楼上有人从窗子上探出头:"卖豆腐的,我来一块。"那意思是让卖豆腐的稍等,他马上下楼。

豆腐是常年菜。盛夏燠热,拣大豆腐一块,用刚打的井水镇一镇,改刀成块,用细葱豆瓣酱拌匀,冒着冷气,吃一口,凉哇哇的,舒服。冬天寒冷,一家人围坐在火盆边上,砂锅子里沸沸腾腾,滚出比西湖龙井更浓的豆香味,是海米炖豆腐。大人端着酒杯,满面红光,孩子嘴里鼓鼓的,小眼睛直盯着锅,那是幸福。豆腐不光是寻常百姓食品,也登大雅之堂。康熙南巡江苏,督命主管御厨的大太监把宫里秘制豆腐之法传给江苏巡抚宋荦。江苏巡抚宋荦当时已年过古稀,大概是康熙爷见臣子勤勉敬业受了感动,就激赏宋荦一个宫廷食方留作日后受用。

话又说回来,从前吃块豆腐也不容易。城里人发豆腐票,想吃豆腐,天不亮,提着小水桶、钵子到菜社里排好长好长的队。村子里豆子少,寻常没有谁家做豆腐,豆腐味要进了腊月门才从家家户户飘出来。我一生最大的幸福是有一位好母亲,她手巧肯干,也做得一手好豆腐。正经八百的豆腐,是把豆子用温水泡了上磨推。小的时候,吃不到用豆子做成的豆腐,是用打过油的豆坯子来做。先将豆坯子化开,锅上放着豆腐架子。豆腐架子的模样有点像担架,四条腿呈一个平面搭在铁锅沿上。两条短木楞连着四条长腿,中间夹一块长方形木板,用这块木板托着豆腐口袋。木板的四边上分别有一个三角形的孔,比现在小学生用的等角三角尺稍小一点,目的是方便挤出的豆汁流淌。挤豆腐了,将化开的坯浆一瓢一瓢地舀进口袋,把袋嘴拧几个劲,一只手攥住口袋嘴,另一只手不停地挤压,出豆腐的细浆"哗哗"地流进锅里。剩下的豆渣倒进盆子,攥成小饭碗大的团,冻在外面的窗台板上。豆渣常和干菜炒着吃,炸辣椒酱一碗,将辣椒酱点在炒好的干菜豆腐渣上,吃上两口,喝一口粥,很对路,是东北名吃"雪花菜"。不过现在的食材质量提高了,直接用大豆磨碎炒,叫"小豆腐",味道醇正。挤豆腐是累活,又急不得,俗语话"着急不出豆腐",挤一锅豆腐要小半天。小的时候,母亲负责挤,我蹲在灶膛下帮母亲烧火,看到母亲的袖子下来了,我站起来给她绾一绾。烧豆腐锅也是不能急,急了,糊锅,做出来的豆腐有焦味。豆腐锅开的时候很壮观,是具体而微的钱塘秋潮,中间先列出一条小隙,那道隙儿越裂越大,很快就排山倒海,势如破竹,弥漫全锅。母亲不让我讲话,用一把大瓢急三火四地将烧开的豆浆舀进事先备好的缸里,火急,舀迟了,一锅豆腐就潽得一干二净。点豆腐是技术活,要斯文着点,将卤水盛到碗里,慢慢地点进豆腐缸,一边点一边搁捞,看好火候。豆腐点嫩了,不粘刀;点过了,死性,老气横秋。南北方的豆腐有些差别,南方的嫩,是春雨杏花;北方的老,是秋风铁马。我祖母很乐意吃豆腐脑,腊月里做豆腐,祖母会施展她的点金术,为全家人点上一盆细细嫩嫩的豆腐脑,打蘑菇卤,就豆面饼子,香啊!

我很怀念豆腐,读高中的时候,隔三差五溜进站前的南门饭店,花七毛钱来一盘麻辣豆腐、八两米饭呼噜呼噜搂进了肚子,就觉得麻辣豆腐拌米饭是世界上最好的饭食。现在也经常吃豆腐,不过比起从前的吃豆腐是豪华多了。我经常做鱼豆腐，菜谱源于江浙一带的"刀鱼面"。刀鱼面是把刀鱼煮烂捣碎，用纱布滤净刺渣，用来下面。我推陈出新，将上顿吃剩的炖鱼下锅烧开捣碎滤出鱼汤炖白豆腐，味道鲜美，又无扎嘴刺喉之虞。妻子孩儿赞不绝口，我美其名曰：渔家傲豆腐，全家同意。

猪肉炖酸菜是东北菜代名词，加豆腐更好，不过那不是一般的豆腐，是冻豆腐。豆腐冻过之后，有细细的蜂窝眼，能渍进咸淡味，劲道不碎。冻豆腐理化结构不同于暖豆腐，男人多吃更加保健。

书上说，淮南王刘安发明了豆腐。淮南王是汉高祖刘邦的孙子，托爷爷的福，封在安徽淮南。他好神仙之术，在方士烧炼丹药的时候发明了豆腐。这份功劳不算小，造福中国，也造福日本、朝鲜和东南亚各国，从此餐桌上多了一道豆腐。安徽人尤其要记着淮南王。有一年，我招商去了淮南寿县，一码豆腐制品，光豆腐乳就有几种，带回几盒，朋友吃了都说好。

宋朝理学家朱熹有诗："种豆豆苗稀，力竭心已苦。早知淮南术，安坐获泉布。"朱先生以为穑稼不易，其实卖豆腐也不是大买卖，未必发得了横财。但人生平淡如白豆腐，未必就不存着真乐。有一则故事，说是有一个年轻后生守着父母给留下的一个豆腐小店，每天卖完豆腐，倚门横笛，日子过得十分快乐舒坦。后来感动了富家小姐，嫁了他。他富甲一方，从此与悠扬的笛声断了缘分，从前的快乐也坠入滚滚愁云。我老家有一王姓企业家，天生对土地亲相，一朵花儿的凋败竟能换出老王的眼泪。他在熟地村发现一泓美泉，觉得这么好的泉水不做豆腐实在可惜。于是，停办各种买卖，架梁成屋，开起了豆腐坊，自名"泉水豆腐"。有一次，我去他豆腐摊闲聊，一老太太要买他五块豆腐，案上只剩下两块，王先生就让老人等着，驱宝马车五公里回熟地豆腐坊，为老人取回三块豆腐。黄苗子请画家唐云写过一副豆腐楹联："大烹豆腐瓜茄菜，高会山妻儿女孙。"那是参悟了贵贱贫富的大学问，是大智慧。

汤子和馇子

在老家工作那些年,有客来,常请客人吃汤子或馇子,那是老家的两道名吃。花钱少,客人满意。不过大多数客人分辨不出什么是汤子,什么又是馇子,常常以为是一种食物。我想进一步解释,客人便摆摆手,不屑地说:反正都是玉米条嘛。

我在乡间长大,从前的汤子、馇子泾渭分明,隔着界限。秋后,新粮下来,家家户户就撮一斗新粮泡进瓦缸。七八天之后,玉米开始发酵,用手一搁搂,有股子酸臭味,就赶紧从瓦缸里捞出来。推水磨,磨成糊状的细浆,然后用葫芦瓢将那些细浆一点一点地收进水桶和大盆。末了,将磨扇子也掀开,用清水彻底地冲洗一遍,把凹槽中带点粮食味道的东西一点不留地收拾干净。这是讲究,方便下一户用磨的人家,也勤俭,不浪费一粒粮食。回到家里，腾出一口大缸，将那些细浆一瓢瓢地舀进粉子口袋，在盛着水的大缸里慢慢摇摆，一下一下，不卑不亢，反复数次，粉面子就慢慢地被涮出去，袋子里剩余的玉米皮渣留作饲料。一斗水磨细浆摆完了，女人便是一身的汗，要是摆得更多，就要两三个人替换着来。粉浆摆完，要充分搅动，比重不同，搅完的粉浆沉淀后就分成两种东西。粉子落在底层，上面的一层便是馇子面。倘若搅得不充分、不匀净，馇子面和粉子混在一起，分不清个数，老家人叫花了，像宜兴吕尧臣大师制紫砂壶用的绞泥，你中有我，我中有你。摆完细浆的女人，如释重负，伸直酸软的腰板，回过头去喊屋里闲着抽烟的男人搅粉。那男人丢了烟，脱去外面的衣裳，一抻两只袖子，顺势将外衣捆在腰上，顿时拉开架式，有了气氛，像是到擂台上比武。叫粉杠的工具其实就是一根棒子，光滑干净，小胳膊粗，一尺长。我家老房子山墙上现在还挂着一根，经手的反复攥握和经年累月的时光雕琢，那根粉杠的上端已磨出好看的包浆，而搅粉那部分也留下了曾经劈波斩浪的痕迹。我小的时候，大雪天，常常爬到柜顶上取下那根粉杠在雪地里打雪。祖父看见了便吵："那是做吃才用的家什，也能玩吗？"现在，我有时看到它，也感慨，岁月过了这么久，它还在着，证实着从前的存在。它也把时光挂在那里，让我安心安慰。它是传统家什的代表，也是时光滤下的影子。

搅粉有章法，顺着一个方向搅动，搅得越匀越好。要先缓后急，水转起来，有了惯性，自然轻巧，但随着转速的加快，男人胳膊上的肌肉会越绷越紧。一会儿，男人的脸红了起来，脖子伸长，爆出青筋，像头斗牛，两眼直视缸底，一直盯住那旋转的液体在缸壁上攀升、攀升，中间现出一只大漏斗，那漏斗愈旋愈深，直抵缸底。女人自有女人的章程，她们嘴里不停地叨唸着："黑老婆起来，白老婆坐下。"汗珠从男人的额上流下来，女人又喊："行了，行了。"男人还是撒不了手，趁势又搅了十几下，然后一屁股坐到门槛上喘粗气。女人将搅好的粉缸用帘子盖好，压实，一夜无话。

第二天一大早，打开粉缸，把缸里的豆青水一盆一盆地舀净了，上头便呈出细细发发的面子，用盆子将面子搂出来，便是黑老婆——馇子面。馇子面底下沉在缸底的白花花的一层就是白老婆——粉子。粉子算农村的细粮，冬日里可淋姜丝粉汤，滑溜顺口，祛寒。也可以将粉子烫一下，做成粉饺，十分艮硬。三伏天也用粉子浆洗被褥，洗过的被子，刚盖上去，硬翅翅的，不怎么舒服，但有日月一新的感觉，也方便第二年的拆洗。假如不需要出粉子，将推出的水磨用罗罗去皮渣，滤干水分，便是汤子面。汤子面比馇子面高级，玉米的精华留在面里，而馇子面出过粉子，分离成两种物质，糯性差。现在生活好，不缺细粮细米，也不再用粉子浆洗被褥。将玉米浸泡，压成汤条，过水，袋装上市，一次成型，也叫馇子。现代馇子简单了、专业了，也混淆了汤子面和馇子面原始的界限。汤子面的做法也现代了，且成为商品。上吨重的玉米泡进池子，打水磨，去皮，滤干，装袋，二三斤不等，进入市场。多说一句，做馇子的玉米浸泡的时间稍短一点，微发酵，照应大众的口味，汤子面的玉米泡得长一点，要的是发酵出的酸味。倘若觉得酸得不够劲头，把汤子面放在热地方再发半天，酸味就欻欻地来了。用老办法滤出的汤子面，在偏僻一点的乡间仍找得到。

汤子和馇子的做法也不一样。先说汤子，半大锅水烧开，将事先沏好的汤子面团成馒头大小的面团，下白水锅里煮，熟到韭菜叶子深浅，捞上来，和匀。熟面太多，黏了，攥不出去；熟面少了，面软，不站条。

攥汤子是技术活。汤套戴在大拇指上，像一只指环上面焊着一个小喇叭，由一小块白铁皮剪成。喇叭的大口朝里贴汤面，小头朝外冲锅，站好了，一团面放在手里，另一只手将面托住，戴汤套的那只手用力将汤条挤出。托着面的那只手和整个身子同时向前送，抽冷子一杆，就出去了。老满族都是攥汤子的好手，这也是民族食品，大概有代代相传的风俗吧。母亲攥汤子的时候，我常常蹲在灶坑前帮她烧火。母亲攥汤子很有看头，手臂向前一伸，身子向前一送，一根汤条就魔术般地在空中画出一道弧线，虹一样落入滚水。母亲的身体不断地一收一送，那汤条就源源不断地被抛出去，远近高低，收放自如。攥汤子最忌糗锅，锅铲子要经常铲动，汤条还要跟着水开的地方走。一个地方的水被汤条压住不沸，汤条的落点就要挪到另一处水开的地方，高手出招，腾挪躲闪，进退有度，虽说雕虫小技，看上去也是燕燕于飞，差池其羽。有年秋天，我从地里干活回来，实在是饿。母亲在锅上攥，我在一边吃，母亲叫我慢点，我狼吞虎咽，竟吃了六碗。

汤子好熟，一开锅，赶紧盛出来，趁热吃，否则，汤子会糗。时间长了，汤条也慢慢化掉，变成一盆面粥，不是滋味。吃汤子，菜简单，有一碗生拌葱花酱就可以，一羹匙生酱舀进碗里，倒海翻江一下，一碗汤子就呼呼吞下去。吃馇子不用菜,与打卤面差不多,饭菜一体。现在岫岩、丹东、凤城、宽甸一带均可买袋装馇子,除打卤之外,另有两种吃法:炒馇子,谁都明白,烧油,加作料上锅炒。有肉炒馇子、蛋炒馇子、素炒馇子,岫岩的白蚬子炒馇子天下一绝。炝汤,下菜,将馇子投进去,烧开锅,连汤带菜,有汁有味,也是一吃,这叫烩馇子。

我老家外环路边上,原先摆着一大溜的汤子铺,铺面朝向大洋河,十几个铺子参差错落地排着,犹如小村子。大多没有铺名,最多也就在白布门帘上写个李记、张记什么的。乡下人进城,城里人下乡,经商办事过路的,都打此站脚。一碗酸汤子,一盘酱炒蛋,上得快,吃得舒服。七八个人也没关系,加小笨鸡炖蘑菇一碗,大豆腐烧海带一碗,山野菜蘸酱一大盘子,一大碗汤子。一会儿,肚子就鼓捣饱了。

后来在酸汤子铺的位置上建桥,加宽外环公路,那些小铺子就失去了踪影。如今在外环路上只剩下两家,一家朱姓,一家张姓,两家我都认识。近三十年的坚持,当年的两个小伙子如今也都变成了小伙子的爹。不过生意也是今非昔比,鸟枪换炮,当年的小铺子换成了临水门市。那时我在县里当干事,几个志同道合的朋友也多会于此,吃碗酸汤子,看看大洋河的风景。一天晚上,闲着无事,就在小铺子里喝起了酒,酒多了,我躺在小铺子的床上睡熟。待我醒来,开铺子的小两口一边忙活着准备早上的生意,一边瞅着我笑,我也跟着傻笑,原来我的头上还沾着一根昨晚的汤条。一抬头,星辰即没,远处早起的人家已点亮了灯火。不知怎的,我一想起那件事情,就会想起《女曰鸡鸣》的诗。

巧 姑 菜

巧姑菜是辽东半岛普遍生长的一种野菜，其根茎可食，因根部圆大似头，也叫大脑蹦菜。

清明前后是挖巧姑菜的最好季节。早了，不容易瞧见。即使勉强瞧见，因土地没有化通，也不容易挖出来。再往后，巧姑菜泛绿，容易挖到，但鲜味没了，也没人再去挖它。

小时候，挖巧姑菜是在下午放学之后，大约三点半钟的光景。约好了，在村头的某个地方集合，便成帮结伙地去了，少则三四人，多则五六人。其实，也不光是挖菜，在学堂里坐了一天，也想透透气，看看春天土地上的风景。人群里总是女孩子多，男孩子少。挖菜女孩子心灵眼尖，容易瞧见。再说了春季农活多，男孩子体力好，通常会派些体力更重的农活，挖巧姑菜是轻巧差事。

孩子们猫着腰挖棒槌似的在地上找。巧姑菜刚发，菜芽极小，不能放过任何一个疑似的线索，像电影里的侦察兵，小心翼翼。眼一亮，发现了一株，刚刚发出来的芽子，颜色是红红的，像一束跳动的火苗。黄色、黄红相间，黄绿相间的颜色也有。这时，要哈下腰，或者干脆蹲下身子，仔细地向四周寻找，你会惊喜地发现，有四五株巧姑菜正静静地待在那里，瞅着你笑呢，甚至脚底下还踩了一株。我从这件事得到启发，日后在乡里搞项目，对乡干部说："手里干着一个，家里备着一个，眼睛看着一个，心里想着一个。"那时候，只要有一个孩子喊找到了，就像发现了敌情，所有的孩子立马警惕起来，瞪大眼睛在地上搜索着。

如果在一块地里一时半会儿找不到巧姑菜的蛛丝马迹，那不屑说，这支五六人的挖菜队伍就要转移到别处去。最为艰难的时候，大家还会支出绝招，不约而同地唱起："巧姑菜，上边塞，边塞没有油，给我回来一大球。""球"字要喊得特别响亮，完了，嘴里还要没完没了地哼唧："球、球、球。"说这嗑的意思是给自个儿一点鼓励、一点信心，希望巧姑菜早点出现，挖得多一点，不然，很可能丢了差事，第二天被发配到送粪、打茬子的活计。

春天的土地里，有一种满身通红的小虫子，黄米粒大小，我们叫它小红牛。小红牛出现是吉兆，十有八九周围会有巧姑菜。现在也说不清小红牛与巧姑菜有啥关系。不过也有意外，有时，小红牛看到了好几次，就是看不见巧姑菜的影子。天黑了，天地一片模糊，孩子们的队伍从地里开出来，一溜烟地拐进了各自的家门。

孩子中，最能挖巧姑菜的是带弟。她眼睛尖，手脚快，我们刚盖上筐底，她就小半筐了。不光是挖野菜，采山货、打猪草她也手脚麻利。她姐妹六个，排列密实，大多差一两岁，她是最小的一个。那时，农村医疗条件差，大人怕小孩子得病夭折，就用些奇奇怪怪的名字镇着，什么"绑住"啊、"拴住"啊、"留住"啊，也有叫猫呀狗呀的，说起了这名字的孩子皮实、好养。我长到很大才知道带弟那奇怪的名字是什么意思，家里希望她能带来一个男丁，下一个孩子是小弟。可是带弟没有带来弟弟，能生弟弟的带弟母亲有病走了，爹做主，中学没毕业，有人做媒，带弟嫁到了吉林。

挖巧姑菜，村里有个去处，叫巧姑堆。那里的巧姑菜最多，除非特别需要，一般不到那里去挖，尤其是女孩子。因为很久很久以前，那里发生过一个故事。有一年春天，村里的一个小姑娘在巧姑堆挖野菜，突然，来了一阵大风，小姑娘就不见了。又过了多少年，小姑娘的哥哥在堆上打草，听见有人喊他的名字，越听越像自己的妹妹，一眨眼，就落了下去。果然是自己的妹妹，还有一座漂亮的大房子。妹妹说自己是被一个老猴子掳来的，还生了两个孩子。兄妹俩正合计着如何逃出去，突然，有人敲门，知道是老猴子回来了，妹妹急忙将哥哥扣进了缸里。小猴子告密："舅舅，缸里扣扣，烙的白饼，炖的腊肉。"无奈，妹妹只得实话实说，是孩子的舅舅来了，跟孩子捉迷藏。吃饭的时候，哥哥对老猴子很客气，亲戚嘛，老猴子自然也就放松了警惕。哥哥对老猴子说，妹夫的眼睛太红了，应该整整容。老猴子听了，当然高兴。于是，酒足饭饱，买来松胶、毛纸，哥哥便为老猴子左一层右一层地把眼睛糊上了，并反复叮嘱在太阳底下晒七天，解下纸来就好了。老猴子信以为真，天天做帅哥梦，在大太阳底下足足晒了七天。解纸的时候，发现上了当，费了九牛二虎的力气，抠出一个小眼，便跑到村里要人。因为找不到哪家，也不敢贸然进村，那猴子便站在村头的大碾盘上喊："孩她妈，孩她妈，哄哄孩子再住家。"几天之后，村里人把大碾盘烧得通红，老猴子不知是计，跳上来就喊，烫掉了两个脚趾，就再也不知去向了。"文革"后期，生产小队破除迷信，巧姑堆被平整造地，没有发现猴子，却意外地收获了几百吨的铅锌矿石。

巧姑菜的吃法很多。最简单的是将巧姑菜洗净，剁成菜末，和上豆瓣酱配酸汤子，葱蒜味全来，下饭。也可以将巧姑菜切碎和在稀面里，加少许盐，烙成牛舌头一样的饼子，松软可口，有韭菜合子味。还可以用巧姑菜末打汤，但一定要加一点刚刚生出的黄豆嘴儿和刺榆叶子才好吃。开了锅，勾一层薄芡，在锅里扑扇两下子，便可以出锅了。喝巧姑菜汤，最好有饼子，发面、豆面、死面不限。汤盛上了，趁着汤热，将饼子掰成梨树叶大小的碎块，让汤慢慢地浸透，既好吃，又耐饿，有点像陕西的泡馍。当然，掌门的菜是巧姑菜酱水鸡蛋，将巧姑菜末与鸡蛋和在一起，轻轻地搅开，搅的时候加一点清水，加清水的蛋炒出来会嫩。蛋快熟了，淋上半碗大酱水，这道菜便成了。

今年清明节的头一天傍晚，我回到了老家，刚进三弟的院子，便来了一位素不相识的小姑娘，拐了大半筐的鸡蛋，上面盖着一大团巧姑菜。三弟让我猜猜小姑娘是谁，我没猜到。三弟说，这孩子是带弟的孙女，带弟听说你回来，昨天便备好了东西，让孩子送过来。我的头"嗡"了一下，"带弟不是嫁吉林了吗？""五六年前从吉林搬回来了，两个儿子都三十多了，在城里磨玉。有两个孙子和一个孙女，孙女是大的，就这个。"我打量着小姑娘，我让孩子问她奶奶的好，想掏点钱来答谢孩子。孩子像看透了我的心思，脸一红，落下筐跑了。

晚饭的时候，我吃了酱水鸡蛋，还是从前的春天味道。春风，又在抚摸故乡的泥土。我捏着酒杯，想土地上的亲人，想从前那些挖巧姑菜的孩子。

卤味的巷子

这里是内陆的小镇。不知什么时候，为什么，便有了这条巷子。巷子不长，算起来也不过百来米。但，一端连着海，一端连着镇上的人家，是海和镇上最了不起的商道。

天蒙蒙亮，巷子的生意便开始了。大半天的时间，镇里和镇外的人便将这从渤海、黄海贩来的鱼儿、虾儿、蟹儿、蛤蜊洗劫一空。整个午后，这巷子便空荡荡的，留给了懒散的阳光，阳光的上面是重重的卤味。

小时候，我是跟在祖父的身后，进了这条巷子。祖父的身子挺得笔直，背着手，证实他不平凡的身份，店大欺客、客大欺店吗？一番讨价还价，我便会拐了大半筐的鱼儿、虾儿回家。中午或是晚上，在煤油灯下，便会有一顿饕餮大餐。高兴的时候，祖父还会呷上二两有点发浑的白酒，据说是用地瓜酿的，但是已经很奢侈了。

　　临到随母亲去的时候，我已经有了十四五岁的光景，偶尔也与那掌柜的搭讪，帮母亲讲价。那时东西似乎少了许多，交易也神秘起来。在记忆中雕刻最深的恐怕是那腌得有点发黄的鲅鱼了。上秤之前，掌柜的会把那鱼在货案上摔两下子，以去掉身上的盐巴，做生意要童叟无欺。现在想来，有点牵强，高高举起，轻轻放下，做个样子而已。回到家里，用温水泡上半个时辰，加上两把黄豆，先用急火烧开，再用文火慢慢地炖。过不了多久，鱼的香味便弥漫了整个屋子。泥盆子的稀饭唰唰地下去，肚子吃得像鼓，放下筷子，眼睛还盯着已经剩下不多的美味的鱼盘，现在想来也觉得那是世界上最棒的美味。"臭鱼烂虾，就饭冤家。"母亲在一边念叨着，我知道她太囧的是柜子里不多的粮食和口袋里少得可怜的 Money。

　　几年以后，我大了，母亲身体不好，这差事便给了我。我是这巷子里最年轻的采买，回来也由我清洗和下厨。我不是美食家，能做熟便不错了，口味不是咸了就是淡了，但母亲吃得很香，还不时地说些表扬的话儿。我知道她咀嚼的是儿子的孝心，真正的味道是母子的天伦。

　　因为工作的关系，我离开这巷子已经有二十年了。清明节前夕,我回来给母亲扫墓。我像儿时一样,又拎着筐进了这卤味很浓的巷子。巷子边上,已经建起了一座好大的超市,在老巷子走来走去的只是那些年迈的老人,偶尔有几位还认得我,我也认得他们。生意较以前冷清许多,全天候地开着。听说,清明节之后,这巷子也要被拆掉搞开发了。也许是因为这原因,我在那巷子待了很久,想把往昔的时光留住,留住踏实,留住温馨,留住腥涩的卤味。但我知道,我是留不住的,社会发展,人往前走,以往只能留在心中,成为挥之不去的乡愁。

年 腊 月

人不学不行,看了书才知道,早年的腊日是定在冬至之后的第三个戌日,后来图省事,就定在阴历十二月初八了。因这个,阴历十二月也叫腊月。

我特喜欢腊月。腊月初三,刚一睁眼,母亲就给我两枚红皮鸡蛋,热乎乎的,舍不得吃,趴在炕沿上摆弄。母亲看见,把鸡蛋在炕沿上滚一滚,"咔",打烂剥壳,塞我嘴里。现在就不一样了,还有一碗面条,四碟小菜。高兴了,可以㪘两盅。这天是我生日。生日一过,腊八节来了。小时候,冬天那个冷呀,祖母说:腊七腊八冻掉下巴。从寒冷的外面回来,冻得不放心,先摸一摸,下巴还在,心里才踏实。腊八那天,母亲总是早早起来,将头天夜里备好的米呀、豆呀、枣呀凑足了八样,熬成一锅香喷喷、甜丝丝的粥。外面天寒地冻,飘着白雪,升斗小民围坐在暖暖的土炕上，喝一碗香粥，已经隐隐感觉出新年气象了。

腊月里，放了寒假的孩子们在场院里做着老鹞子抓小鸡的游戏。老鹞子和鸡的对话颇有满族古风，也充满浓郁的年味道："大哥大哥你干啥呀？""在磨刀哇！""磨刀干啥呀？""切年糕哇！""年糕在哪呢？""锅台后哇。""锅台后没有呢？""叫猫叼哇"……年糕是满族人的最爱。这个古老的饮食习惯可能与满族先民的渔猎生活有关。畋猎或者捕鱼，越岭翻山，早出晚归，黏食耐消化，抗饥饿。年糕通常用浸过的黄米、糯米上磨推成细面，大铁锅添足水，放上蒸帘屉布，先在屉布上头撒一层煮好的红豆，水开了，热气从屉布冒上来，就可以撒面。撒上一层之后，稍稍停一停，等屉布下面的热气上来，将上面半干不湿的面子蒸成半熟，再撒下一层，撒到半拃厚，盖上锅，上大气，一打盹工夫就熟了。母亲用饹刀在糕上一横一竖地划着，把年糕划成一块块井田，像大豆腐一样，一块一块地摆在盖帘上，热气腾腾，很有年关的氛围。待客的时候，改刀成片，上锅再熥一下，摆在盘子里的年糕会微微收缩，形状很像农村大席上的"木梳背儿"（类似扣肉）。年糕蘸糖，又香又甜，也不失咬劲。老家腊月里的年糕，恐怕也是醉翁之意不在吃，而在一个糕（高）字。年终岁尾讨个吉祥，也是对未来好日子的一种祝福和企盼。

现在，杀猪吃肉是不算什么事了，在我小的时候，可是了不起的事情。进了腊月门，差不多家家都要杀一口年猪，一口年猪是一户人家一年的油水，也是腊月里家家户户的彩头。大雪天，沐着耀眼的阳光，红红的年腊肉一嘟噜一嘟噜地挂在障桦子上，那是十足的东北风，是"丰年留客足鸡豚"的气派。江西婺源有晒秋，老家的这个年腊肉，张张扬扬的，该叫晒年喽！

在老家，吃杀猪肉，分文吃和武吃。由喜鹊大岭分着界线，大岭以南多是文吃，上五花三层一盘，瘦肉枣一盘，猪肝片一碟，肥肠一碟。白水煮，吃原味，稍微蘸点蒜泥酱油就可以了。外加热菜血肠和五花肉炖酸菜。现在是条件好了，讲排场，又多了些青菜炒肉、炒肚。切血肠斜着下刀，片大，也不容易冒，颤颤巍巍的，断面上放的香菜、葱花、生姜作料一清二楚，嘴一抿，血肠的鲜香味就出来了。十冬腊月，闻着血肠里的香菜味，像春天的蒿芽，感觉太阳近了，春天又要回来了。酸菜炖五花肉，名菜，讲究刀功，菜丝要细而薄。酸菜帮切丝之前，先片三两刀，切出的菜丝细、齐整。老家人说，我母亲炖的酸菜好吃，秘诀是母亲的刀法。听母亲切菜，"嚓、嚓、嚓"，干净利落，是种享受。酸菜凉水下锅，加煮肉汤、五花肉武火烧开，文火慢炖。酸菜炖不倒，生嘓嘓的，菜不入味，到了一定的火候，菜香肉香开始混合，嘿，一箸入口，满嘴余香。

武吃不讲究七盘八碗，也没有炒菜，大个黄泥火盆盛着红彤彤的火炭上炕，上锅撑，把装着烀熟的猪肉、血肠、酸菜和各种调料的铜锅子架在火盆上。几句话工夫，锅子开得滚滚的，像马蹄撒过草原，发出"呱哒呱哒"的声响，迷人的肉香味也出来了。大家按老少辈分，年长的在炕头，年少的在炕梢，围着火盆坐下，一人一个酱碟，开始伸筷。大岭以北，山高林密，风寒雪厚，吃杀猪肉没有不喝酒的理儿。岭北人喝酒不用盅，嫌小盅子"吱扭吱扭"的麻烦，也不是岭北人的性格，一码用杯，小则二两，大则半斤，一锅成，量大另加。你不用客套，喝不喝先倒上，干不干先满着，白酒下肚，拘束没了，话匣子也就开了。佟关马索，齐傅那郎，满族八大姓，老家一应俱全。老满人认亲，一听长白山六道沟的，忙问哪支哪脉，富有庆克守，学成立自文，近乎了，走一个，一俯一仰，干了。我有个兄弟，满族人，特爽，腊月里杀一口年猪，左一次请客，右一次请客，请到最后一拨，一个劲地喊："媳妇，上五花三层！"直到下桌，五花三层也没上来，主人好没面子，送走了客人，问媳妇："为啥不上五花三层？"媳妇满脸通红："杀口小猪，请八次客，还哪来的五花三层！"

二十三小年，祖母燃了香，恭恭敬敬地给坐在堂屋里的灶王爷作揖，念念有词："给你个甜瓜粘粘嘴，予你个蜜枣粘粘舌；也有草，也有料，乐得老马欢欢笑，走了。"这头两句是说给灶王爷的，祖母讨好灶王爷，请灶王爷上天言好事，多多照应着点。后几句是说给灶王爷的脚力——老马，表明灶王爷是大官，骑着高头大马上了天庭。随即祖母一擦火将在我家工作了一年的灶王爷升了。送走了灶王爷，祖母觉得完成了一件大事，心里畅快，满脸溢着笑容，外面响着为灶王爷送行的鞭炮声。

腊月里，还有一件大事——裱墙。小时候，农村的房墙是泥石结构，屋墙的表面是用黄泥抹成的。墙面糊书纸、报纸或大白纸，一年一次。我家裱墙的活，挨在腊月底，这是祖母的主意，墙裱早了，烟火一熏，没有年的新劲。裱墙是技术活，通常由我和父亲两个人完成。我抹浆子，父亲糊。抹浆子先要浆子好，稠薄相应，薄了含水大，大白纸一提，断了；稠了，刷子抡不开，抹在纸上一堆一块，净是疙瘩。别小瞧抹浆子，你试试，难免挂一漏万。从一个边来，一刷挨着一刷，末了，找找边角，确定无误，拿刷尖在纸上轻轻一点，抹浆子的纸就和没抹浆子的纸分开了。山墙高，父亲要踩着梯子到上头裱，把不准方向，就让我在下面调向，"右边，往上，再往上"，"高了，往下，再往下"。如此折腾一番，才把一张纸周周正正地贴上去。裱的时间长了，父亲累了，我就请求父亲让我糊几张。提纸，调正，将大白纸的两个角轻轻按在墙面上，拿笤帚轻轻扫两下，咦，成了，我很得意，父亲瞅了瞅，感觉别扭，掐了刚刚点燃的烟，"我来吧"。父亲裱的墙，方方正正，四棱见线，上下左右的边沿宽窄相同，无可挑剔。文如其人，如人的又岂止文章。夜深人静，新裱的墙会发出"啪啪"的小声响，如鱼儿在水中吐出的气泡，新裱的墙会呼吸，会伸展腰身，纸上的小皱巴能自己找平。一觉醒来，新裱的屋子也豁然亮堂了，那是纸上的浆子干了，纸的自然白度呈现出来。早饭之后，画龙点睛，我和父亲再把新买的年画贴上，屋子里的新年气息就出来了。

父亲写一手好字，记忆中，家里的箱柜上，总是摞着一卷一卷的红纸，左邻右舍的对子都由我父亲书写，而我家的大门对子总是同样一副：云霞出海曙，梅柳渡江春。长大了才知道，这对子是写春的，含蓄、文气。腊月底，父亲还会用高粱秸给我扎一盏小灯笼，老祖母将小灯笼的四周糊上粉纸，再用一把剪刀剪出红红绿绿的花边和穗头，贴在上边和下沿上。腊月的夜里，父亲领我到邻居家串门，邻居的大伯大婶夸我的灯笼好看，我心里充满了父爱。回家的路上，灯笼里的亮光透在白雪覆盖的地上，斑斑驳驳，现在想起来，无比怀念。那就是远去的岁月，远去的少年时光。

　　上中学的时候，父亲用细木条做了一架走马灯，腊月二十九晚上，挂在贴着"虎架金梁"的正梁上，任它一刻不停地转呀转呀，转出一轮一轮的精彩和美好。而到了除夕，春真的藏不住了。"嘣咔""嘣咔"，一阵阵热浪似的鞭炮声把春炸了出来，腊月也在人们的笑声中化了。

第五辑　四　季

春　半

时序已是清明。从立春算起,雨水、惊蛰、春分,春天已愈大半,而人对春的感觉仍似有若无。草坪上远远望见的绿,近了却稀稀落落。迎春和银翘没有开,萌萌的,完全没有血脉贲张、呼之欲出的状态。京桃是春的早客,不过它只是春天里转瞬即逝的昙花,晴日里勉强开上五六日,一场雨就荡然无存。小区门口的老杨树上倒是秀了满树的花蕾,饱满得快要流出来。两个一对,三个一簇,像杵了一树的黄蜂,欲飞不飞,欲落未落。杨花格调低俗,似乎不入法眼,那锈迹斑斑的绛红能说就是春天吗?

报纸上说,山上的冰菱花开了。我没有亲见,相信是真的。小时候,在春寒料峭仍有冰雪覆盖的老家山上见过,暖暖的星星黄是北方早春的梅。还有一种紫堇色的小花也开得特早,我叫不出它的名字,就自名忍冬花。我觉得那一束草花很不容易，是从漫漫的冬日忍受过来，它在乍暖还寒中昭示着春天。虽说身材矮小，但它尽力了，它小小的身躯里弥漫着一种可贵的精神。有人在文章中说那束草花的学名叫紫花地丁，我觉得地丁这个名字很贴切，好有意思。它像是土地的小儿子，勤勤恳恳，忠于职守，地气上升，它就拱出来，以锲而不舍的方式装点土地，报告春天的消息。它的花叶很长，如一条围裙从脖子底下一直挂到脚面，很像面包房里的厨娘。这样想着，心里挺快活，就索性到了城郊的山上。黑魆魆的山没有一点动静，脚踏在枯枝烂叶上"嚓嚓"作响，好像踩碎了枯枝烂叶的脊梁。我相信一切仍在潜伏，它们还在认真地准备着，不想暴露自己，要月余之后，才肯现出庐山真面。我想起稠李子树，费了很大的力气，总算找到一棵。我记着那是山里绿得最早的树种。从前，稠李子树绿了，我们就用树枝编成草帽。孩子们隐在树丛中，学习解放军抓特务，武器简单，用一根树条子随便捼成手枪、冲锋枪。一声柳树笛响，战斗宣布结束。有一种银白隐在前面的林子里，我以为发现了新大陆，有什么花儿在开，近了方知误会。原来是一丛矫首昂视的山杨柳，银白色的花骨朵是去年就备好的，比玉兰的花苞小，但明亮。山杨柳这个名字很模糊，又很准确,听起来像一个城市综合体。首先,确定了生长区域——山上,它是杨,也是柳,同时兼具了杨和柳的两种品性,叫这个名字,山、杨、柳应该都能接受。人真聪明!黄昏时分,我将山中折下的一枝山杨柳置入茶台的一个小小梅瓶,用这种强迫的方式把山杨柳邀在家中,我供它一瓶清水,它馈我一抹春天的新绿。

人有两种能力:实践的能力,想象的能力。在现实中碰了钉子,我就找张若虚去寻:海棠树斜倚闲潭。金红色的花瓣已经抽巴,老气横秋,它还是努力向前伸张了一下,它不能再坚持了,身体飘起来,像半张脸,妩媚了一下,悠忽地落进闲潭。一阵轻风,那潭面便覆盖了一层胭脂,如无数的红唇,慢慢地沉入时间的底里。月光在潭面上徘徊思索,是历史的巨人。它好像看懂了,看懂了反反复复的来世今生。它感觉自己一天天地老下去,眼里无光,脸部一点一点地塌陷,它快要坚持不下去了。说好了,腊梅花开,老公归里。梅花落了,海棠花也落了,人呢?无限的春愁在纠缠着这个柔弱的江畔女子,也纠缠着万千思绪的张若虚。那是时间光影里闪烁的美,刹那间,又被时间的帘幕掩盖了,如大江吹起的波纹。他感到人是移动的幻象,大江是月色朦胧的暗流,两者交互重叠,生出一个超尘拔俗的象征世界。世间的一切大美总是背负着哀伤的包袱，这不奇怪，这是美为脱胎而遗下的胞衣。这个春天的明月之夜，诗人出走了很长时间，他到了许多的地方。我在想，这也不是张若虚在走，而是诗人想象的芳踪。他敏感的诗人神经一定是强烈地感受到了什么，他有些激动，有些颤抖，有些害怕。他把这些美用文字搭成意象呈现出来，他还不知道，他在迷迷瞪瞪中用一首诗揭开了一个大时代的神秘面纱。

　　我曾经非常佩服西方人的科学考证，一丝不苟地肢解一条昆虫，不厌其烦地重复一个实验，甚至他们的绘画也标记了科学的数据，讲究透视、肌理、质感、光影效果。仔细地想想，与我们的祖宗比起来，还是小巫见大巫。北宋张择端画《清明上河图》的时候已经运用了散点透视。他是一个旅行者，带着你游走汴梁，你瞅瞅这，看看那，眼花缭乱，应接不暇。他忽然停了下来，在那个角落里静静地看着你，看世界红尘演义，起起伏伏。你觉得舒服，世界纷繁复杂，却一切尽在道中。黄公望的一幅《富春山居图》便浓缩了先生的一生，完成了道家的一部经。想象太伟大了，精骛八极，心游万仞。实践完成不了的事情，交给想象就什么都妥妥的。想象是哲学，而科学求证像宋人笔记,清末民初的小品文。

北方的春天迟了一点,我并不气馁。望着梅瓶中的山杨柳,我看见花开,听到虫鸣。那一波一波的春汛正在山脚展开,漫延山顶,越过河流、山脉,直铺夏天的繁华。手机响了,阿刚又发来照片炫他那莺飞草长的江南。他站在黄灿灿的油菜花中,满脸骄傲。我把北方的春半景色也发给他,他回我英文:Just so so. 我说,这是北方一半的春天,另一半正在大地下潜伏,排山倒海,积蓄力量。

谷 雨

风浪样地涌,树就白了头;雨愁似地荡,山腹肥得淌油;缈缈的天际飞来绿茵,皴出画儿。

打一棍绕天混,打一鞭绕天钻,耕牛天狗似的撒欢,人扶着犁杖,如同握着乾坤的刹把,过电一样颤抖。大地乌金滚滚,一片沸腾。犁影过后,天光明灭,扑朔迷离。山青葫芦地青瓜,待到大地的绿色和山巅的绿色连缀成片,直排云霄,也便是郁郁葱葱的夏了。

清明忙种麦,我没有这样的经历。小时候的家乡,冬小麦试种过两年,因为产量极低,跨不了"黄河""长江",就打消了种细粮的念头,重操玉米、高粱旧业。诗人说,北方的青纱帐,南方的甘蔗林。玉米,玉米,米似珠玉。可人也如玉呢!而谷雨种大田倒是铁律。家家户户的犁杖倾巢而出,平地犁出道道笺纸,坡地划出条条弦纹。犁向前滑,孩子们的心就跑到犁的头路,扑向地边的羊奶子、酸蒺藜、大脑蹦,吸进土地氤氲的蓬勃;犁向山坡上旋,孩子的心就旋上坡顶,旋上坡顶的雪梨花、映山红,旋向头上的青天红日。山巅的风硬,吹掀了发丝,吹开了心胸,就觉得人高了,心大了,总想着有一天去山外面的世界比试比试。

天地玄黄,宇宙洪荒。田原来也是山的一部分,静静地青,悄悄地黄。一元复始,万象更新。人来了,顶天立地,就分出一份,那一片片的土地就由人说了算了。山是自己绿的,大地先前的绿衣被人类抛弃,新田要绿起来,全靠人类的辛勤喂养。人类要认识自己,更要认识自然界。在大自然的苍茫中寻找生存之道,在庞大纷繁的物质体系中找到规律,找到自己的位置,顺天利地,尽力而为。人类在自然中行走,大自然并不客气,它用自己的方式向人类施虐和反扑,视人类为雏狗。先人们筚路蓝缕,结绳记事,艰难地认识一事一物。有一天,忽然发现竟从无限的光阴中走回了先前的季节,噢,时间是圆的,走到一定的时候,又折回原点。人类喜出望外,像分瓜分饼一样,把时间的圆等分了二十四份,每份十五个经度,为了不至于迷路,像孙行者在如来佛手指上做了记号一样,记下了物候、时令与稼穑的关系。时间被人类捼成轨迹,拟出声音。

《月令七十二候集解》云:"谷雨(去声),三月中。自雨水后,土膏脉动,今又雨其谷于水也。雨读作去声,如'雨我公田'之雨,盖谷以此时播种自上而下也。""谷雨,谷得雨而生也。"故东北有"玉米下种谷雨天"的农谚。此时,一种黑嘴花翅的小鸟于林间匆匆来去,急促地鸣叫:"布谷,布谷,快快布谷。"一声接着一声,让你立马放下别的,书归正传,赶紧布谷。这个叫着"布谷""布谷"的小精灵就是布谷鸟,也叫它子规、杜宇、杜鹃。"子规夜半犹啼血,不信东风唤不归。"东方甲乙木,东风,就是春风,咏的就是子规催春。李白《蜀道难》有:"又闻子规啼月夜,愁空山。"书上说,布谷鸟原先是古蜀国的国王,李商隐《锦瑟》说得更是明白:"望帝春心托杜鹃。"望帝杜宇在位时勤政爱民,死后化为布谷鸟,春天一到就不停地提醒人们不误农时。懒惰的农人或沉沉昏睡,或荡游闲玩,布谷鸟就急了,昼夜不停地叫,累得嘴巴流血,染红了漫山的杜鹃。望帝爱民也深,其情也切。唐人李绅有《悯农》诗:"春种一粒粟,秋成万颗子。四海无闲田,农夫犹饿死。"亚圣孟子说:"百亩之田，勿夺其时，数口之家，可以无饥矣。"农耕时代，民以食为天，官员被称为衣食父母，皇帝也要走出宫门，亲行稼穑，劝民桑麻。

谷雨日，布谷鸟的叫声一声紧似一声，细雨来了，也不躲避，还是鸣叫不止，这是一颗心的坚持。小溪膨湃，生出流水，细雨变成绿色的谷苗，结出沉甸甸的穗头。我闲坐窗前，远处的山，近处的地，忽然就变成了一起一伏的浪线，如人类汲取营养的奶头，也是人类回归大地的坟墓，摇摆着四季，沉浮着生死。

房子是田的一部分，深入进去，就进了田的心。屋里堆放着各样种子，催生的化肥。院子里摆放着犁杖、镢头、锄，障桦子上拴着马和牛，羊"咩咩"地叫呢，永远进不了创造者的行列。杏花正盛，桃花红着腮，依旧闭目养神，忽闪之间，又一个百年，那《桃花扇》的故事也老旧了。母鸡"咯咯"地叫了，艳俗夸张，迄今为止，没有下出翠生生的绿来，依旧是关公的脸谱。窗台上的香达子花开了，开在二姑娘的水瓶子里，也开出姑娘的心事。

谷雨的北方再不是春半了，是二八女孩子的澎湃，起伏着重峦叠嶂，是梨花带雨的炸雷，一袭雪白，水灵灵的嫩呢！早晨，乡下的朋友贻我山野菜一篮，我倒在桌子上拾掇，一码白白胖胖的菜芽，是春山的笑。我数了数竟有三十二种，下锅煮烂蘸酱，满口翠玉，十里春风。"这盘子是一堂春呢！"我说，妻一愣，嗔出一句："瞎白话！"我到过烟花三月的扬州，南方的春天早是早，就觉得那桃红乏味、牵强，柳绿无力，不辞而别地去了，又悄无声息地来，无仪式感，稀松平常。衣裳脏了，也不洗一洗，换件新的，一身经年的汗酸味又穿上了。蹦出个词儿"旗枪""雀舌"，就算是谷雨。就这个节气而言，非要我做一次选择，我愿放弃相濡以沫的缠绵，而渴望久别重逢的浓烈！

夏　天

到了夏至，真正的夏天就来了。

夏天的中午，推门出去，火辣辣的光线刺得人睁不开眼。小院中一半的紫藤叶子已经翻转过来，怕被烤破了脸，宁愿露出白色的项背。我想看看太阳的样子，眯缝着眼，好不容易找到了：悬在高高的空上，好像刚刚提了位置，对好焦距，银光闪闪，牛气得很呢！云左右不了太阳了，只是一丝一点地浮着，正被熔化。

人困倦地歇晌，猫狗之类也都睡了。刚过下午两点，勤快的小贩开始叫卖："苹果，苹果，刚刚下树的伏果！""雪糕，雪糕，绿豆雪糕！"冰果箱子一开，凉气喷射出来。

伏天，一动一身汗，哪都懒得去。赤脚，光着脊梁，着一宽松短裤，捧一书靠在沙发上闲看。遇上不认识的字,翻翻字典,好词好句拿笔勾勾,好段落反复读几遍,品品滋味,还真是那么回事。心静自然凉,不觉得太热。热了,赤脚在地板上走走,舒服,也是纳凉,纳地下的凉。住一楼有好处,地板底下通着地气呐!渴了,烧壶水,看着黑铁壶突突地冒出白色的水汽来,是一种享受,一种美,一种安静、和谐、清凉的意境。泡半壶老茶,自斟自酌,是雅趣,也是文章。书读得入迷,茶忘记喝。忘了更好,将泉水再烧开一壶,反正有的是时间。

两颗紫藤树渐渐长大,已经占据了小院的大半空间,且继续扩张。这样也不是不好,它们用这种方式,将我与外界的喧嚣扰攘越隔越远。我除了打扫院子,几乎足不出户。邻居看到的肯定是一个爱洁净、讲卫生甚至有一点洁癖的人。至于别的,他们不会想到,这个头发稀疏的半大老头还能写写文章,画幅小画。屋子很静,只有流淌的电流声。树上的知了还没有来过,这个小东西渐渐少了,高树鸣蝉如今也成了一种奢侈。对一个有阅读习惯的人,静是好事。静能集中精神,进入思维。静更能发挥想象,像晴朗的天,视线很好,心也畅快。极目远眺,看出很远很远,美就被夸张了,放大了,是绿海蓝梦。书中的景象也从中走出来,让你在过往的记忆中寻找,是否也有,也到过书中这样的地方。噢，想起来了，的确有那么一两次。也想起读过的《瓦尔登湖》《猎人笔记》。思维是此一时彼一时，此时有了一点什么，就不能懒惰，赶紧记录下来，过了这个时间，遗忘了，即使想起片言碎语，也不如那时深刻、生动，流光溢彩。想动手了，我抓起笔，把刚刚的感觉描摹下来，落在纸上，像捉到一只轻轻飞舞的蝴蝶。那一瞬间的美就定格了，凝固了，如一件小古董，可以摩挲把玩。光线不知不觉地暗下来，回头翻翻，收获颇丰，我已经写了五六张密密麻麻的文字。

夏天饮食清淡。热饭用冷水打过了，随意做一点什么菜都好。抠一块咸鸭蛋，一根小黄瓜蘸酱也对付一顿。小院中长着各式蔬菜，不仅为吃，"松下清斋折露葵"展现的是生活雅趣和情怀。几天没有回来，菜苗长高了，草也不客气地蹿起来了，院子自由了许多，也缺少了章法和规矩。进院的时候，新发的树枝有些碍眼，好像不认得我了，我有些激动，有春城草深、田园将芜之慨。

晚十点钟，妻子陪岳父岳母大人谈天还没回来，我坐在院中的藤木椅上，藤椅是岳父赠贻之物，软硬适度，很亲切。世上最长的东西是时间，最短的东西也是时间。我认识岳父岳母的时候，他们正年富力强，不过我现在的年龄，已到了耄耋之年。月亮没有出来，院子里只有我，四周的树侵过来，放出绿色的清凉。我关了院子的灯，清凉又在周遭涂上一层墨绿。夜风下来，树叶清泠，幽韵入耳，北方的夏夜满是星辰。掐指一算，三十天之后，节令处暑。处者出也，北方的夏天就过去了。忽然觉得：人若静，一颗心耳；人若简单，一院一屋。

夏夜即景

午后去西柳的时候,下起大雨,白花花的,天地一片苍茫。

九点钟,走出办公室,却让人喜出望外。天竟然晴了,刮起"嗖嗖"的凉风,虽是初夏之季,一下子让人想起了秋九月。秋的温凉油然而生,积累了几日的热气一下子烟消云散。柔软的凉风抚在脸上很惬意,吹入怀中顿觉释然。

广场上的积水没有干透,干净一块,湿润一块,斑斑驳驳。由于灯光的作用,有水的地方,反射力很强,广场好像比平日闪亮了许多。水多的地方灯好像生在水里,上张下望,光怪陆离让人多想。

曾经的短暂的寂静又不存在了,人类繁忙的活动重新开始。有唱歌和说笑的声音,车子也跑出来了,跑得很快，轧在积水的路上，发出"哗哗"的声音。也许是有着急的事情，追赶刚才耽搁的时间；也许是雨过天晴，心正焕然，在雨路中过把瘾。人不喜欢在一条路上重复，需要不时地换场，换一种新奇。在积雨的路上奔驰，让水毫无准备地四溅，是不是也如心花怒放一般。我笨死了，不懂开车，当然也不知道那种爽的感觉。

天很蓝，云分开许多层级，不太圆的月亮在其间穿行，匆匆忙忙，一副京城赶考的样子，而今宵将宿谁家便不得答案了。在机关工作，总觉得周而复始，像个轮子，而观今日之月，想必也如我们的样子，永远是一个邮差，形迹匆匆，开始就结束了，结束又是开始。人也好，月也好，都在简单重复地运转，却也在这简单重复中孕育着不简单、不平凡。

办公大楼很旧了，在橘红色的射灯照耀下，越发深沉，一副经验主义的官相，承载着铁打衙门流水官的尊严。还有那些熟悉的进进出出的身影，显示出这座大楼在整个城市中的地位和分量。雨搭下面的黄色暖光很亮，透射出楼内和谐温暖的强音，让来来去去的人有宾至如归之感，或者透露着某种幸福和满足吧。十点钟，我走回大楼的台阶，这样想着，平凡又平淡的一天也结束啦。

蝉的夏天

有蝉鸣的夏天开始了,那一刻蝉集体屏住了呼吸,静静地凝望这世界究竟要发生什么事情。蝉不知道白天和黑夜吗?这一刻的叫声如此壮烈繁复。它是在长长的凝视中看清生命黑色掩杀的河流才参悟了生死。就这么叫了,怎么着吧!这些快嘴的虫蚋啊,是想让生命之美也大白于世吗?不啊,它们在做一次集体的捍卫。用密不透风的鸣噪织一张与世隔绝的细网,让美与丑陋分开,让花月不染风尘。

夕 晖

太阳终于走到了辽河口，它那成熟而灿烂的辉光将黄昏照成一片金红。"战国红呢！"三弟异常兴奋。近处的苇塘暗下来，遮了帘幕的感觉，而苇底下的水更暗，近于墨汁。小船划过来，拖出一道水痕，如鱼。

麻 雀

晨起，仍是一树严霜，紫藤树的叶子落尽，唯余孤独的果实，参差地挂在树上。因为有母树的脐带连着，那些长扁豆能在枝丫间度过漫长的严寒，甚至一年两年，才脱离母体，遁进母树脚下的土地。

那群小麻雀又来了，总是这个时候来，十日有余。它们在树上树下跳着，像找什么。找到了，又摇摇头，不是。它们的家不在这里，又不像匆匆过客，好像是住在附近的某个地方。某个地方？我猜不出来，但是它们一定与这紫园有一定联系。在春天来过吗？在我的紫藤树下谈成的恋爱吗？现在已儿女成群，大鸟会告诉小鸟这些吗？那当然浪漫，甜在心里，恐怕也难以启口。夏天来过？那时小麻雀已经出生了，它们是不是从附近的地方飞来，趁我不在，于我的紫园中捉过迷藏？不然就是秋天，我有晒秋的习惯，乐意看丰衣足食的样子。它们是否偷偷地动了我的奶酪？对不起，我全收起来了。"明年再来吧。"我瞅着麻雀们说。它们似乎并不怕我。它们知道我没有网，没有弹弓、枪。小时候，我用弹弓打过麻雀。那时不用真打，做一个拉弓的姿势，小雀们便惊飞四窜。现在不同了，任你做出任何怪异的动作，小麻雀目中无人、我行我素。有时还嬉皮笑脸地向你挑衅，不是老鼠爱大米，羊爱上了狼，是鸟多势众。噢，我想起来了，是不是在多年以前，我欺负过它们的祖父祖母，甚至高高祖，它们是寻我复仇吗？鸟儿有灵性，我有点担心。"啾，啾啾"，有一只大一点的麻雀冲我喊叫，我猜想这位该是它们的领导。它好像问我事情。我听不懂，它也点点头，不再问了。茶炉的水开了，今天没有朋友喝茶，饮茶的是我自己。想起远方的几位朋友，忽然感觉孤独，好鸟枝头唤旧友，落花流水亦文章。这些小小的精灵是不是在呼唤或者等待它们往昔的朋友呢！我似乎懂了一点。鸟也人也，人也鸟也。难怪白居易写出："劝君莫打枝头鸟，子在巢中望母归。"

　　鸟在紫藤树下寻找，我不说出心中的怅惘。

冬　天

天渐渐冷了。找一个晴天,祖母将打着盘长花纹的上颌格子窗一扇一扇地卸下来,撕掉去年的旧纸,擦洗干净,裱上雪白雪白的新纸,冬天的风雪和严寒便被结结实实地隔在了外头。窗纸不同一般的白纸,似宣纸,里面有棉麻丝絮之类的东西,这些东西增加了纸的韧劲和拉力。下颌窗上没有盘长、石榴、佛手之类的饰物,中间是一块玻璃,一扇窗四分之一那么大。方便采光,也容易瞭望。下颌窗留玻璃应该是后来创新的事儿。糊上新窗纸,屋子暖和多了,也漂亮多了。好像一切准备妥当,等着冬天顺顺溜溜地过去。

乡下没有暖气,家家户户只有一盘大炕取暖。烧煤的炉子也很少,河西的大伯家有一个烧煤的炉子,整天烧着,屋子里暖洋洋的。我常过去用他家的炉子烧开水,一家人很和睦，对我这个小孩子也特别客气。特冷的天，空气都是青白色。靠炊煮的热量取暖显然不够，夜里要多加柴火，把炕烧得滚热，温度才能持续到天亮。到早晨，炕凉了，人会冻醒。母亲起得很早，早饭的烟火又把炕烧得热乎乎的。

在我起床之前，正屋地上，母亲会扒进一盆红彤彤的火炭。靠着这盆火炭，屋内的温度渐渐升高。我家用铸铁火盆，三条腿由三只狮子撑着，很可爱。现在，多年不用，三弟还像宝贝一样藏在家里。从早晨的被窝里爬出来，将手脚伸进冷冰冰的棉衣裳是十分打怵的事。多亏祖母把我的棉衣棉裤在火盆上烤热，帮我穿上。母亲的早饭也差不多了，从灶房转进里屋，摘下窗帘，叠好被子。火盆上祖父的白瓷壶已经热了，飘出好闻的酒味。

为了取暖，家家户户要准备劈柴和"疙瘩"。劈柴要买，五分钱一市斤。"疙瘩"可以自己打。"疙瘩"就是树的根部，因其形状怪异不规则，不好做别的用，称"疙瘩"。打疙瘩是力气活，上大冻，木头冻脆了，用很重的镐斧才能劈开。我祖父是打疙瘩的好手，善找疙瘩的薄弱环节，瞬间下斧，把斧子下薄上厚的张力运用得十分娴熟。放寒假时，常带着我，他劈我拣，每日打一挑筐。日后，我能独立地上山打疙瘩，也是从祖父那里学来的手艺。当天用不完的疙瘩就垛在房檐底下，五六尺长，齐窗台板高，很气派。跟祖父打疙瘩，还有一个小便宜，祖父劈柞木桩子，劈到的蛤虫归我。蛤虫应该是野蜂的幼虫，冬天在干木桩里越冬，遇上祖父的斧头，便成了我的解馋之物。火柴杆长，白白胖胖，大脑壳。放火炭上烧，慢慢抻长，抻到一定长度，"哧"，放一香屁，就熟了。与洋辣虫（刺蛾）相比，香甜庶几，而细嫩有余。

冬天的夜里有一桩活计：拧苞米。秋后收割的苞米很湿，要装进四面透风的仓子，让风把苞米棒子慢慢吹干。碾米磨面时，现用现拧。一个人坐在炕中央的苞米堆上，用苞米礤子礤，先将一棒苞米礤出几趟沟，甩给拧的人，拧的人就会很省力气。感觉像抚着一杆枪，一块胳膊粗细二尺多长的硬木头，五分之一的圆木做底，剩余的五分之四，在一侧开成半弧形的木槽，槽的下方钉上一块半拃长的熟铁苗子。拿一棒苞米，贴紧弧形槽的上端，使劲往下锉动，锉在铁苗子上，苞米棒子就被锉出沟来。槽的最底端还凿开一个长方形的口，方便礤掉的苞米粒子流出。通常一个人礤，可供三人拧。拧的人多了，再加一把礤子。拧苞米不是力气活，老少皆宜，只是费工夫，需要人手。夜里去邻居家串门，赶上拧苞米，就坐下来帮忙。一边拧，一边唠嗑。也可以请一个人讲"瞎话",就是故事。我家里讲瞎话的原先是祖母。她会讲"巧奇缘",长大之后我才知道《巧奇缘》是一部书。祖母年龄大了,讲瞎话的事情由叔叔接替。叔叔的故事绘声绘色、引人入胜。叔叔讲故事的时候,我会在火盆中煨两块地瓜或者土豆,犒劳叔叔,求得他多讲一点。不然,叔叔总是拿把,刚开个头,"话说大宋年间……"又忙别的去了。节骨眼上,甩个包袱,且听下回分解。一大炕苞米拧完了,推开房门,屋外已经落下厚厚的白雪。屋子里闹嚷,丝毫不知。远处的村庄里传来狗吠,从懒洋洋的叫声,便可判断,夜已很深。

冬晨的窗玻璃是个绚烂的世界。一夜下来,玻璃上积下厚厚的霜花。有时冻成牡丹、秋菊的盛开,有时又是写意的白菜、萝卜,成为石花和苔藓的时候也有。每日一画,鲜无变化。玻璃窗的边沿,霜比较薄,冻得不很结实。那里的图案最美,也最给人想象。森林、草原、山峰、湖泊,横七竖八的树木卧在冰冷的河上,似有八面埋伏。很喜欢用钢板钱在霜花上印,一分的,二分的,五分的,轮换来。也把它们印成各种图案,觉得很开心。印着印着,太阳就出来了,像不远处走过一个人影,把那些孩子的美丽渐渐模糊了,涂掉了。

第六辑 花　木

梅　记

我有一种感觉，不知道是正确，还是错误，就觉得梅不是现在的事物。它蜷卧在岁月深处，挂着时间青黑色的幔布，伛偻着奇磔的身子，枝干上的褶皱写满沧桑的年龄，而花朵是新春刚涂的胭脂和时间留下的脚印。它从前的时候，该是一道气势非凡的虹，抽出剑一样帅气的细条，嫩绿或者浅红，一碧清水就被它搅得天旋地转，如同搅动一条白色的裙裾。时间将它磨成老茧，让它成为龚自珍笔下的那种病梅。病梅也是坚持，是资格，是文化符号。

我第一次看梅是在汤显祖写《牡丹亭》的遂昌，那一束老梅是在一座衰败的寺院里，活脱脱一树猩红的盛开，如一片跃动的火苗，将周边的衰败烧掉，梅黑不溜秋的魂魄正站出来与我讲话，是时间和光线的交响，隐约可见那里正流动着人杰地灵的氤氲。遂昌诞生了《牡丹亭》，老寺院中绽放红梅。岁月中每有奇迹发生，因缘际会，相似是不似的必然，不相融的事物交杯便产生生命的惊艳和不同凡响。平静之处忽然起了波澜，而惊涛骇浪之后，必然回归平静。世界是动的，而和睦、和平却始终是人类企及的主题。《牡丹亭》在四百年前诞生，缄默了；四百年之后，有人又赶来演绎《惊梦》，下一轮的沉默就此开始。

我忘记不了廿八都这个很有诗意的小镇。四周垒起重重叠叠的大山，像时间叠起的床床被子，很是规矩，山顶的位置甚至有白雪飘过，但浅尝辄止。而山脚下却有怒放的腊梅花出墙，岁月太深，看不清是哪家将军的门庭了。这是辛卯传统的年关时分，小镇子旧得如时间撕下的一张故纸，尚可在历史的夹缝间记录一点生存，士兵扛着辎重，行色匆匆，山里传出夜的金柝。甜香味荡出，格子窗下坐着家里的读书人，老妇人在昏暗的灯下叹息，好像在文章上句读了一下，灯也吓了一跳。我很爱那一树磁黄，是季节少有的暖，一丁一丁地驱赶寒冷，竟遗下水味的清芬。我忘记了是谁的一幅画，一束水仙，一枝腊梅，一高一矮，一胖一瘦，最和那清代陈沆的《一字诗》，就觉得那水仙如一个胖胖的贪吃的和尚，梅是高挑的道人，满腹心机。我让朋友樟华将那梅树买下收藏,樟华咧嘴笑了,那意思是要收藏的,只怕是南方的道人到了北方是活不得的。腊梅花开,樟华时常传来照片,他的背后是一树暖黄,泛着春天新如丝缎的亮丽,他仰头看天,样子很牛!我就回他一篇《三生有幸住东北》,夸大东北的好,使劲气他。

年前,我听说古都南京有梅万株,便一路打听上了梅花山,可惜时序尚早,满山遍坡的梅刚刚露出春的消息,但依旧等待。盛开原来和爱一样,都有特定的时间,不到时间,也不能勉强。我立在欲放的梅树下看梅,三弟却不明白我为什么独独去赏那绿色的一株。绿是往昔的日子,却映照着现在如一缕细纱,在忽明忽暗的天光下透映着绿光,是岁月轻亮的影子,一段昨年的昆曲,把思想也晕得有些绿了,时间不动了,变成一片深色的黛瓦。我向前走着,遇见一个水潭,青蓝透绿的一湖,却没有成就"暗香浮动月黄昏"的美来,想想有些不好意思,只好把背熟了的诗句又咽回喉咙。水面上满是残荷,它们的得意和繁荣约在溽热的六月,那是它们咚咚的锣鼓和热闹的喧嚣。现在亭亭玉立的荷老了,秋雨的百转愁肠也听过了,垂下头,像是回忆。专横跋扈的明太祖认为孙权这个人不错,便没有掘一边的孙权墓，也算是大度。两个不同时代的大人物也可以结伴而行，看钟山的月，赏岭上的梅了。不管时代如何演进，历史的大逻辑不差。做个好人不易，而好人终是好人，关云长本属道家，被奉为武财神，知道关老爷仁德，佛家也聘关老爷做护法。

没看见开放的梅花，心中有一点小小的遗憾。但是，我早已回到了北方，这里乍暖还寒，惊蛰响雷，想来那梅早该落了。南京的春天该是一地香痕，饱满得了不得了吧，只是那空气中的流韵还淡淡地漾着，欲去欲留，不知所终，这种暧昧不明的情绪让人如何选择呢？这大概也是古都的遗留吧，暖暖的熏风更让人念起从前的故事，而脚步也是踌躇不前了。我那细如游丝的闲愁也不知是不是还在哀怨着，愿你在黄昏的小园中斟满酒，邀着稀稀落落的暖雨，收得一份远方的相思，也便是相见了。

雁来红

我的家乡有一种植物叫雁来红。茎直立，少分叉，高一点的一米许，矮一点的四五十厘米，叶互生，长条形，末端略尖，像公鸡尾巴上的长毛。每年九月初，鲜红若火，望之如花。

小时候，我的祖母喜欢在春日的暖阳里，把那些黑亮黑亮的小种子撒进篱前垣边。到了秋天，便长成一片火红火红的花海。不过那火红的不是花，是叶子。真正的花极小，成穗状花序，簇生在叶子的腋下，很不起眼。宋人杨万里写雁来红："开了原无雁，看来不是花。若为黄更紫，乃借叶为葩。"满腹经纶的杨万里是在取笑，笑雁来红不学无术，靠叶子以假乱真，装点门面。这对雁来红并不公平。试想，夕阳晚照，绿草衰微，一个人走在乡间路上，总有一种逢秋悲凉的落寞。突然，眼前一亮，在小村庄的篱前垣边燃烧着一片片火红，一株株雁来红如一把把红色的掸子，打破清秋的岑寂，胜于二月春花，那岂不是秋天里最夺目的色彩，最嘹亮的歌声？到了清代，大文人潘光瀛的一句"颜色傲江枫"，案子总算翻了。

植物和动物之间可能有着非常隐秘的关联。小时候，雁来红开，天就见凉，空气澄明透彻。瓦蓝瓦蓝的天空，鸿雁排成整齐的"人"字或"一"字款款飞过，天空中留下一串串"呼嗨呼嗨"的音符。鸿雁也叫大雁，是典型的候鸟，生活在遥远的西伯利亚地区。每年九月上旬，天气转冷，大雁便挈妇将雏向温暖的南方飞翔。在我国北方的大部分地区都可以看见大雁迁徙的踪影。民间传说，大雁也是信使，可以两地传书。小姑姑就唱过一支我不知道名字的歌曲："南飞的大雁，请你快快飞，捎个信儿到北京，翻身的人儿想念恩人毛主席。"这首歌寄托了那个年代人们对开国领袖的无限感激。现在想来，鸿雁传书也不是真的，只是一种纾解思念的美好愿望。

一过雁阵，就是秋天。远在辽西工作的父亲就会赶回家乡帮助母亲秋收。父亲汗流浃背地拉一车玉米棒子走在前头，我和母亲在车后帮助父亲推。遇到坑洼不平的小坎，三人一叫劲就过去了。我感觉父母的力量和温暖。父母在，不论多大的困难总能迎刃而解。不知是遗传了家族爱花的基因，还是怀旧，老家里的雁来红还年复一年地种着，年复一年地开成鲜红。现在，每当雁来红顶叶火红的日子，心中总有无限的惆怅。总会想起少年时的那些美丽时光，也会想起唐代人面桃花的故事。生机盎然的大唐春日，一片桃花盛开之地，风流倜傥的崔护邂逅了楚楚动人的妙龄女子，从此，崔护日夜难忘。第二年的同一天，他重访故地，桃花依旧，人已不知所终。"去年今日此门中，人面桃花相映红。人面不知何处去，桃花依旧笑春风。"有些美可以朝夕相伴，而另一些只是昙花一现，稍纵即逝，永无重逢。这就是事物的宿命。李峤被誉为初唐的"文章宿老"，他写了《汾阴行》歌颂汉武帝巡幸河东、祭祀汾阴后土的故事。睹物思人，由彼及己，情感深处，李峤吟出："山川满目泪沾衣，富贵荣华能几时？不识只今汾水上，唯有年年秋雁飞。"时间消费了多少富贵荣华，物换星移，只有秋雁年复一年地飞来飞去，无边的流失感涌上李大人的心头，写到此时，恐怕才是真正的诗。唐玄宗听梨园弟子唱此，感慨赞曰："峤真才子也！"是环境变了，还是父母亲把那些"呼嗨呼嗨"的雁阵声带走了。近些年，雁阵越来越少了，即使偶有雁过，也听不见大雁呢喃的细语和粗壮的呼吸。事物好像没了重量感，如一枚被秋风吹散的鸿毛。小时候秋天里那些多彩的韶光和稠稠的暖意也不知去向，是我的父母亲过早去世，在我心中留下的阴影吗？这种阴影，无关财富，无关智慧，只是心理的一种缺失，让我过早地失去一个生活和生命的支点。"人生到处知何似，应似飞鸿踏雪泥。"人生路上，没有叮咛了，没有陪伴了，自己走吧。有时甚至感到周边埋伏着无边的漆黑，人只是一盏微明的灯火，那漆黑带着风不时地压来。我仰慕巴金、季羡林、杨绛那样的百岁老人，他们握着一支笔，静静地采访山川人物，与天空和大地促膝会谈，彼此包容，相安无恙。这些老人的生命多像一枝枝雁来红，在生命的秋日里，熠熠生辉。我也羡慕那些拥有百年长寿基因的家族。百年长寿基因不仅让家族成员长寿成为可能，也为子孙活得更长、更精彩有了信心和勇气。"既然无处可逃，不如喜悦。既然没有静土，不如静心。既然没有如愿，不如释然。"有时，伫立秋光，我也会衔一枚雁来红的叶子，不断地重复丰子恺大师的话语。

　　清人叶申芳写《谢秋娘·雁来红》，给雁来红很高的荣誉。他说雁来红是"三秋占断叶娇娆"，是秋光中最灿烂的颜色。是的，雁来红历来入画，并为大画家青睐。有一天，我忽然懂得，任何一个成熟的画家，都不是一种简单的再现，他要表现，表现一种生命的状态。齐白石喜欢种植雁来红，也善画雁来红。我见过的齐白石雁来红画也有十余幅，从他的题画诗中可以清晰地洞见老人对雁来红的垂爱，也有一种对雁来红的抱打不平。"四月清和始着根，轻锄亲手种蓬门。秋来颜色胜蓬草，未受春风一点恩。"没有受到春风的一点恩惠，却给了生命以无限的启迪。吴昌硕是另一位写雁来红的国手，他有一幅《雁来红》，画面雁来红雍容华贵、珠光宝气，斜倚西风，一枝青色菊花局促其后，题曰："斑斓秋色雁初飞，浅碧深红映落晖。绝类香山老居士，小蛮扶醉着青衣。"吴昌硕自况香山老居士，而"岁寒三友"的菊花只是一个扶醉的区区小蛮，才气、霸气咄咄逼人。另一幅《雁来红》却长幼错杂，红绿参差，题诗曰："飒飒岂似九秋蓬，染就丹砂是化工。天半朱霞相映好，老来颜色似花红。"生命的饱满成熟自不言喻，难怪横刀立马，驰骋"海上画派"三十载。七十六岁暮春，吴昌硕先生读过云楼恽南田《雁来红》立轴后，挥毫落墨："人自多愁年少老，华本无愁老少年。"这是真正读懂了雁来红，读懂了生命的无字全书。

  人是自然的一部分。人生注定要经历一个个秋天，在季节的十字路口，我们无法逃避，看到生命的生长和陨落、饱满和破损，人人都将被考量和追问。人在理解客观世界的同时，也在慢慢地消解自己。一方面，人以有限的血肉之躯前仆后继地与无限宇宙对抗；另一方面，好像获得了出奇制胜的法宝，在繁荣似锦的大地上诗意栖居。生命的过程也是一个生命提醒另一个生命的过程。生命的感动和觉醒很可能在一瞬间破涕为笑，让生命潜能一再呈现，从而改变和超越生命的初衷，诞生出惊天动地的奇迹和伟大。话到此时，面对如花似火的雁来红，我们似乎可以请出李太白，听听他在秋天来临时的豪迈与豁达："弃我去者，昨日之日不可留。乱我心者，今日之日多烦忧。长风万里送秋雁，对此可以酣高楼。"

雁来红，雁来，生命行进的光影。

松 花

"松至三月花,以杖叩其枝,则纷纷坠落,张衣裓(gé)盛之,囊负而归,调以蜜,作饼遗人,曰'松花饼'。市无鬻(yù)者。"夏日长天,于紫园闲坐,品读陈梦雷《古今图书集成》中雅文,爱不释手。杖叩枝,裓盛花,囊而归,文人的潇疏雅淡扑面而来。蜜制饼,市无鬻,"此中有真意,欲辩已忘言"的满足溢于言表,让人想起五柳先生。

我于乡间长大,家乡的山山岭岭也多有四季常青的油松。小时候,每至春光明媚,屡屡于山中采撷松花为祖父泡酒。祖母说,松是长寿树,喝松花酒自然长生不老。松花有多大功效并不知道,只晓得年复一年,松花开的季节,祖母会将两个大玻璃瓶擦洗得干干净净,先将金黄、紫粉的松花一穗一穗置入瓶内,然后灌满六十度的白酒。半月之后，酒倒出来，杯上有星星麦粒黄，充满华美富贵气象。祖父挟两口菜，呷一口酒，每呷一口，都嘬出声来，倘若嘬不出那"吱喽"的酒声，便不知道此时饮酒人的况味是啥。长大之后，读"野杏初成雪，松醪正满瓶"的句子，更觉得祖父那种吃酒是多么幸福，也不知不觉地想起日本井出博正的旧作《北国之春》，想起碧空、白桦、朝雾、水车，想起那优美抒情的文字——"家兄酷似老父亲，一对沉默寡言人；可曾闲来愁沽酒，偶尔相对饮几盅……"

《本草纲目》对松花有这样的叙述："润心肺，益气，除风止血，亦可酿酒。"松花色艳，味浓，与人的健康蛮有关系。老家石材厂的李嫂一年四季不离松花，工作在泥里、水里，常常不舍昼夜，而面色红润，细嫩如脂，也从不感冒。医生告诉我，心肺功能差的人，春天可到松林中走走，看来不无道理。中国人聪明，至少在唐宋时代便以松花酿酒了。岑参有诗云："五粒松花酒，双溪道士家。"而大诗人李商隐面对松花酒，却是无人共醉的落落寂寞："目断故园人不至，松醪一醉与谁同。"人就是人，"每逢佳节倍思亲"，秋风起，便有"莼鲈之思"乃人之常情。宋代的苏东坡饮松花酒，也玩厨艺，喝松花汤。他的《浣溪沙》很美:"罗袜空飞洛浦尘。锦袍不见谪仙人。携壶藉草亦天真。玉粉轻黄千岁药,雪花浮动万家春。醉归江路野梅新。"文人吃的是情趣,吃的是意韵文章。不经意间,大开大合的盛唐文风已悄悄地转成内敛抒情的小家碧玉。北方人不知,浙江一带的养鱼人很看中松花。松花开的时候,赶上多雨天气,溪流将散落的松花带入水面,鱼张开大嘴,跃而食之。渔人喜出望外,到了捕鱼季,单重能达到五市斤。松花季无雨,鱼无松花可食,鱼不长,鱼人垂头丧气。千岛湖位置在黄山东南,四周群山叠翠,松林繁茂,湖鱼以肉质细嫩,味道鲜美而著称。每年春季,大量的松花飘入湖中,是不是湖鱼惯食松花的缘故呢?

周日,陪江西的朋友畅游千山。始觉千山之美有二,一曰石,二曰松。我想象不出千山松花遍开的样子,便问导游:"看过松花么?""松花蛋么?"她反问。"是松树开花。""松树也开花吗?"于是,无言。

圣人就是圣人。两千年前的一个冬日,孔夫子驻足于优游从容、儒雅自恃的青松之下。彤云满天,大雪纷飞,怀想自己的胸怀抱负,孔夫子无限感叹:"岁寒,然后知松柏之后凋也!"把松树的品性和君子之德比拟起来,从此,松树的伟岸形象扶摇直上,名扬四海,以至于把松树是否开花完全忽略了。宋人张方平写过松花:"青松北山麓,春蕊摘金团。"中国人与西方人相比,形象思维多于抽象思维。中国古代的文人,写景状物,大都喜欢形容比喻,突出事物的美感,偏重抒情。而西方人多实证精神,重在说明和功用。张方平在后诗中写色味俱佳的松花汤:"味胜仙人掌中露,色如游女衣上尘。"仙人何相?游女何貌?仙人掌中露,游女衣上尘,就更没人尝过见过了。一种美好,一种神韵而已。据我所知,松树为雌雄同株植物,孢子叶成球果状排列,形成雌雄球花。颜色并非张方平所言一色金黄,紫粉色的球花很多,紫红、灰紫色的球花也不在少数。古人所谓金黄,很可能只是松花的一部分。松花很特别,雌花生于新枝顶端,是上风上水的好位置,而雄花多集于下风下水的新枝底部。看了松花之后,我感觉雄花很丈夫,很男人气。雌花在上,表明对雌花的尊重,雄花给雌花授粉之后,使命就结束了。雌花要等待受精,育成球果,繁衍后生。雄花把方便让给雌花,不能不说其胸怀坦荡、大气包容。这是对伟大的繁育崇拜,对劳动和创造的尊重,也难怪日后的松树能"青青好颜色,落落任孤直"。原来,它在生命的孕育过程中就已经移植了父代的优秀基因。我想起台湾作家蒋勋讲过的桐花祭的故事。大约每年四月，全台湾桐花开放，把山岭沟壑都变成白色。而一夜之间，雄花便完全落地，把树上有限的水分和养分都留给日后繁衍子孙的雌花。松树的球花一般于暮春季开放，我计算过，花期大约十日，之后花颜尽散。但花粉传到雌球花上后，要到第二年初夏才会萌发，使雌花受精，发育成球果。球果于深秋渐熟，种鳞慢慢张开，种子降生，或随秋风远走他乡——这是一段马拉松式的爱情。此爱经年，沐浴了骀荡春风，经历了盛夏骄阳，穿越沉默的秋光，最后经冬雪严寒的考验才算稳定。仔细想想，松花的爱多么深沉，多么浪漫。古老的《诗经》已觉察了松树的不简单，它给予松树以生命不息的礼赞："如月之恒，如日之升。如南山之寿，不骞不崩。如松柏之茂，无不尔或承。"

深冬，北方草木摇落，只有一片片的松树依旧苍翠。在色泽暗淡的天光之下，松树更加伟岸俊逸。画家李方膺题《苍松怪石图》："君不见，岁之寒，何处求芳草。又不见，松之乔，青青复矫矫。天地本无心，万物贵其真。直干壮川岳，秀色无等伦。饱历冰与霜，千年方未已。拥护天阙高且坚，迥干春风碧云里。"而微弱的松花，脸色苍白，此时，更无人理会了。

牡 丹

我喜欢牡丹,缘于县文联的傅悦山老主席。他本是辽中县人,中文本科,却痴迷于丹青丝竹。一支画笔、一把二胡,在异乡的小城里打出天下。他画牡丹的时候,我很爱看他的脸,风晴雨露,起承转合全写在上头。画面随脸上的表情渐次展开,几蹙几开,几张几弛,纸上已然嫣红紫翠,十分春肥。"牡丹二月芽未发,旋转乾坤属洒家;笔底春风挥不尽,东涂西抹总开花。"悦山主席在画上这样题。

岫岩东桥的早市上有人卖牡丹,花装在推车上,一车五六盆,俊俊俏俏,多作粉红色,偶有一株颜色大红,珠光宝气。赶早市的人跑过来观看,称赞花好。卖花人在车边立着不言语。有人问价了,总算说了一句,看花人吓了一跳,伸一下舌头走了。早市尽散,没有人买花,卖花人也不气馁,慢慢悠悠地推着车子回家。时光被车子推出细长,如一粒茧抽出的长丝。车子安置着铃当,满街满巷都荡着春天的铃声。我记得那卖花人姓文，从粮食部门退休，养牡丹赋闲，并不为钱。老人该是不在了，那些牡丹花也不知在哪个庭院里开着。

讲到唐朝，通常都会加上一个大字，否则不足以反映唐代的国力强盛。唐代君臣共勉，一手抓改革繁荣，一手抓开疆拓土。读杜工部的《三吏》《三别》《兵车行》以及高适、岑参的边塞诗，都不难感受这一点。去年国庆节，我到牡丹江宁安的龙泉府，这里是古渤海国的故都。公元六九八年至九二六年，渤海国统治着包括今天东北大部、俄罗斯滨海边疆一部、朝鲜半岛北部的大片疆域。公元七一三年，渤海国接受册封，唐设节度使对其实行军事控制，渤海国也不断地派出官员学习唐朝的政治、经济、文化。温庭筠有诗《送渤海王子归本国》："疆里虽重海，车书本一家。盛勋归旧国，佳句在中华。定界分秋涨，开帆到曙霞。九门风月好，回首是天涯。"国家的盛大开放，使国人信心满满、雄心勃勃，也带来了审美心理的悄然改变。人们开始走出汉代的"清瘦"和南朝的"自我"，在国家层面上给审美更加宏伟博大的时空。中国诗歌在长时期的积累积淀中冲天一飞，登峰造极已是水到渠成，顺理成章。雄浑的建筑，华美的礼乐仪仗，夸张的绮罗服饰，没有杨玉环那样肥马轻裘似的女人真怕是压不住场子。唐诗中，常常会有肩圆胸阔、贵气典雅的脂气,也常常会现出雍容华美、仪表万方的花王牡丹。那是家与国的极致,草与木的高山仰止,是一个时代的梦想和自信。读李太白《清平调词》三首,简直就走进了牡丹园。"云想衣裳花想容,春风拂槛露华浓",是牡丹;"一枝红艳露凝香,云雨巫山枉断肠",是牡丹;"解释春风无限恨,沉香亭北倚阑杆",还是牡丹。

我移栽过两次牡丹,都没有成功。母亲劝我说:"那是花王,小门小户养不了牡丹。"我不服气,到处找人打听,才学思见悟。牡丹不在春天移栽,而在八月社(日)前,秋分之后。我读初先生的文章知道,竹阴历五月十三生日,这一天,修竹醉酒,栽竹成活率甚高。我就想,牡丹是否也是秋天生日,拿书来读,果然不错,八月十五是牡丹生日。苏格兰作家吉米哈利将自己的书定名为《万物有灵且美》,既聪明又有趣。从前,洛阳养牡丹大家,花开之日,置酒延赏,如果风和日丽,花朵忽作盘旋翔舞,香馥异常,那必是花神到了。海城北郊的尚园养着牡丹,约千株,正黄、大红、桃花、粉红一应俱全。每年春天,牡丹盛开,一群画家说说笑笑,在尚园中写生,中午,园主给客人做牡丹羹,几杯小酒下肚,园主满脸绯红,醉卧牡丹丛。傍晚醒过来,屡败屡战,再喝几杯,又醉了,样子十分可亲。园主人好,他梦里见过花神没有,尚先生不讲。岫岩城的李宝瑞大师不养牡丹,却于画中尽得牡丹风流。他画《大井堂》商彝周鼎,丰乳肥臀,参差一家,有"万荷堂"黄老爷子的范儿,只是不是画荷,是花王牡丹。牡丹花株株峥嵘,朵朵饱满,玉露春风。先生扫如椽大笔,带雨生烟:"洛阳三月天,千金换牡丹。姚黄富贵种,解语又通禅。"牡丹是北花,遍布中国北方大地。洛阳做了十三朝古都,言牡丹必提洛阳。人们不仅可以在花丛中为牡丹招魂,更能于落日的夕晖中缅怀京华旧梦。洛阳得尽天时地利人和的便宜,也使各地的牡丹黯然失色。其实古渤海国龙泉府所在的牡丹江市有大片的单瓣野生牡丹。牡丹江发源于长白山脉的牡丹岭,为啥叫牡丹岭,深挖下去,一定是一篇大文章。古诗文常用"魏紫姚黄",想必也就是当年老魏家的紫牡丹和老姚家的黄牡丹。清朝文献记载牡丹花有一百三十一个品种,今天的农业生物技术,繁殖个"魏紫姚黄"也不稀罕。

不少画家画牡丹,不同的画家对牡丹的美有不同的解,画出的东西也不一样。齐白石的率性,隐着童贞;王雪涛的轻巧淡逸;吴昌硕的霸气,金石味;很爱陈石壶老人的牡丹,他画的是唐时旧种,清瘦、恣意、冷艳、高古,实则是先生的自性写真,透着画家的悲苦、坚硬和坚持。石壶老人晚年生活贫困,甚至买不起画纸,现在一平尺石壶老人的牡丹卖五十万元人民币,命运与他开大玩笑。

樱 花

我不能看日本的铁壶,不能看和纸,不能看更纱,也包括川端康成的《雪国》《千纸鹤》,樱花扑朔迷离,铺天盖地。我翻开写过的文字,屡屡描写樱花,我想:樱花娇小,努力,花开浓烈,达到极致,像小国寡民拼着性命地呐喊,近乎人对生命的悲悯。仿佛闭着眼睛说,我没有放弃,做得不是最好,但努力了。美有共同的宿命,在时光中昙花一现,划出深刻的心痛和怀念。

千利休为什么不说话,他讲了也没用,还是等于没讲。就这样等着吧,该走的会走,该来的迟早会来。千利休用黑茶碗喝茶,那是泥土之色,浓缩、压抑、坚硬、坚决。透着天光的曦微。岁月天地的力量无比强大,人是一星游丝,一瓣无意飘进茶汤的樱花,在这融融的春日,这短暂的美就要走了。就让我们享受这来之不易的短暂吧,我们曾经将美短暂地留住，那一瞬间就是生命的永恒。

日本的茶道好像远了，远离了现实而出走。它有师者风范，更有一番象征意义。那种意义仿佛是一种纯然的精神，一种与物质、与现实相距甚远而相悖的世界，空前绝后，念天地之悠悠，独怆然而涕下。它不是生活的茶，是术，用术导引你，走上另一条路，让你洞见生活本相，生命原欲。日本茶是生命美学、哲学。

我喜欢看樱花，看樱花于暮春的夕晖中纷披、狂舞。樱花的生命如此轻盈、美妙，如泠泠梵音从空中流注，但是生命如此之短哟！那轻柔的东风也是时间之潮啊，粉墨登场，扮成春天的绣娘。我见她的手长满黑色的毛刺。背景暗下来，夏来了，春天的妩媚被扼住喉咙。樱花是美的，却夹杂着味道浓郁的悲情。正像一切生命的美好来临，也预告着一切生命的美好即将结束。坐下来，静静地品，生命也如一朵花，终是含着微微的苦涩之底。人更乐于放大生命的芳甘，以求得生命无限烂漫的价值。人在想象的樱花上舞蹈，近于天使。

金带围

二〇一〇年秋天,我得《日本藏吴昌硕金石书画精选》一本,第一百七十九页有《牡丹图》一幅,题曰:"昨夜东风巧,吹开金带围。庚申夏,吴昌硕年七十七。"钤白文印三枚:"吴俊长寿""缶道人""二耳之听"。画中有牡丹四株,呈缺月形状排序,染黄花一,红花三,锦围红烛,暖艳暗香;点小蕾一粒,玉壶泻珠,露华正浓;花叶淡扫,以浓墨勾出筋脉,似山高月小,重峦明灭。

翌年孟夏,玉石馆王先生购河蘑玉石一块,电话里说品质极佳,邀我观瞻赐名。见了,果然凝烟堆脂,十足贵气。一袭紫红暖皮儒雅洒脱,石中央束腰处露奶白色玉两指许,绕石一圈。我想起"金带围"的句子,随口说出"玉带围"三个字,玉振金声,一屋子玩玉人都说大雅。王先生心花怒放,谦谦恭恭地将名字记下,那块玉中逸品算是正式命名。

端午小闲,读沈括《梦溪笔谈·补笔谈》有"四相簪花"故事:庆历五年,韩琦任扬州太守,其府上后园有芍药,一干分四歧,歧各一花。花朵上下皆红,中间围一圈金黄色花蕊,名"金带围"。韩太守十分高兴,邀时大理寺王珪、王安石、陈升之赏花吃酒。酒至三巡,剪四花,四人各簪一朵。三十年后,四人先后做了大宋宰相。读书至此,方知从前我对吴昌硕《牡丹图》望文生义,自以为是。吴先生画的不是真牡丹,而是"花相"芍药,是俗称的草本牡丹。"金带围"也不是素娥的罗带,而是芍药的名品。画家郭石夫曾评过吴昌硕画,说吴先生由金石入画,他的画不追摹物象,完全是一种心象,是他从审美的角度对物象的解释,是画家豪情和块垒的外化。简言之,该"象"已经不是原来意义上的"象"了。世人多有临摹吴先生画者,如果心胸气度不够,要学吴先生恐怕也是有其表无其实。我想起先前"玉带围"的事情,便又去王先生处小坐,随便问起"玉带围"。王先生说,他购"玉带围"用十万元,有人给三十万元,还算划算,大前年出手了。谁知买家倒一次手,净赚五十万元。王先生说着,有些激动。我告诉王先生金玉不发头一家。他哭丧着脸说,倒也不是钱的事,"玉带围"是祥瑞物,它在的时候,生意好,一顺百顺;它走了,事事别扭,生意大不如前。我细看王先生一眼,果然在眉眼间平添了几许沧桑。那一日,我思索良久,为什么将吴先生的芍药误认为真牡丹,又为什么将草牡丹想象成不胜春风吹拂的罗带淑女,是心有沃土春风,还是自作多情?

壁　草

我将车子在直抵青天的崖壁下停住。风从上空吹下来，如瀑布悬泻，鸟似流云。我是一块古怪的石头，游移于谷底。一株草斜挂于石壁，像一只八爪蜘蛛，独拥一块立体的领地。大多的根须暴露在空中，能与崖壁联结的那一点点血脉也岌岌可危，忽地落下来，又用千钧一发的敏捷将身体缓慢吊起。是谁让这颗种子驻足于此？魑魅魍魉在她年轻母亲的肚腹即埋下诅咒。它注定要背负悲苦的宿命，酷夏，冷秋，寒冬。即使山花烂漫的日夜，也不可绽出笑容。咒符使它露出笑容即生命死亡。

壁草伸了一下手臂，向我证明它的存在，它告诉自己：活着就是生命意义的全部。

新世界庭院

枫树下的斑斓花光早不见了,五角形的叶子已然如旗子一样地展开,绿叶齐天,不透一丝春讯。月影下曾经淡触轻抚的黄绿色小花已结成果实。邻树快活地交柯,拉着手;叶子挨挨挤挤,密密匝匝,彼此又是昼夜情话。夏的情绪澎湃得不成样子,北方的春天真是短呀,诗人还在寻找句子,这块儿"咣当"一声,春的门就关闭了。

庭院中的树并不浓密,偶尔密集一下,高出一丛,如小山眉,证实生活时有微澜,有不寻常存在。不是明清时代的造园法式,但也不含糊,处处见着精神。该空的地方也是空了,是留白的味儿,一时让人心里空虚,接下来又将摇出自己的彩儿。一个庭园也是一盘棋,所有的草木都是棋子。小银锄钩出浅浅的垄,乖乖巧巧,是明明白白的花田,与树丛交错参差,是乌丝栏儿上勾出的元明小山水。花苗拱土，那一行行蝌蚪文远近模糊，能辨出文字模样的只有暖雨，春绪样的慵懒、缱绻、歪斜，文人士大夫的清逸自在，疏疏落落，云淡风轻。叫泰迪的小狗跑出绿茵，后面依旧是它徐娘半老的主人。

小 树 林

到市委开会,不管早晨或者午后,只要稍有空闲,便到院子里的小树林走走,那是一片可爱的小树林。

小树林的入口,栽种了两排法国梧桐,钵般粗细,加上密植,中间自然地形成了树荫廊道。外面阳光灿烂,里边却洞天府地、蓊蓊郁郁。天光从头顶漏下来,像上天的灵感,整个廊道恐怕也只有三五点光,启示着款款走来的音乐天才约翰·克利斯朵夫;青年宗白华也走过来,手里捧着他的《美学散步》。大地充满诗意,叶子是吉祥的音符。

真是奇怪,刚才还吵吵闹闹,只有十步八步之遥,却一下子与世隔绝,换了季节。这是非凡的世界,清静无为,不落俗套,刚才的滚滚红尘好像一下子飞出多远。人安静下来,如大地之初。太阳如斗,兀自东升。许多生命还没有飞临世界，动物还不会咆哮，甚至鸟儿也没有婉转的歌喉。再看看那些树吧，个个精神饱满、肤色健康。深呼吸一下，顿觉百恙尽消。对着树木望望，久了，好像自己已成为族中一员，有时竟自愧不如。人生不过百岁，而一棵大树能千年不死。树根植大地，吸收各种营养，皆知根深叶茂之理，还有它高大的树冠举向莽莽苍穹，承受雨露甘霖、日精月华。最难得的是无论电闪雷鸣、酷暑严寒，从来一意植地、一心向天。而人的脚只浮在红尘之上，处心积虑，势在必得。

虽然是一块普通的林子，且处于城市中央，总觉得在林边有清清的湖水荡漾，如梦中的瓦尔登，有香蒲，有苇草，有群鱼吹浪。也许是身临树境的奇想吧，我本清静，深爱草木，赐我一方净土，予我一杯清茶，足矣。

廊道的左侧是一片杂林，林间的空隙并不整齐，有些地方宽敞，有些地方狭窄。不论宽敞或者狭窄，都自然而然，该死的死，该生的生。宽敞之处置了石材的桌凳，看似漫不经心，实则深思熟虑。石桌石凳也紧身束腰、拿捏准确，简约而不简单，正契合周遭不偏不倚、不即不离的场景，如一架老式时光复读机，"嘀哒""嘀哒"，慢慢地走。

再向外过渡,能看见一块缓缓起伏的草地,栽种一些杂七杂八的果木,春有花开,秋有果香,一副丰衣足食的气派。外镶欧风的铸铁栅栏,是东西合璧的小品文章。

从林中看院子里的办公建筑,也落落大方、楚楚动人。我知道其中的斯斯文文也是草木之功,是树的高低错落、掩映衬托让呆板、程式化的建筑生出节奏,移步换景,且流动于绿色之溪。真是,最好的景致就在眼前:绿树丹枫、灰顶红墙。

梧 桐

梧桐是树王。梧桐一叶落,便知天下秋。梧是吾木,桐是同木,梧桐似乎与我们每一个人都有着一种玄妙的关系。它提醒我们,它可能是另一个空间里可以关照的自我。

梧桐,有青玉、青桐、碧梧之美誉,是极好的绿化树种。也就是说,梧桐的颜值高,是树中的美男、帅哥。这并非瞎说,有史实为证。《世说新语》记载:"王恭始与王建武甚有情,后遇袁悦之间,遂至疑隙。然每至兴会,故有相思时。恭尝行散至京口射堂,于时清露晨流,新桐初引,恭目之曰:'王大故自濯濯'。"这故事是说王恭与王建武原是好朋友,后来成了对手。这天,王恭在京口射堂,看见清露晨流中的梧桐就想起了仪表堂堂的王建武,慨而叹之曰:"王建武终究是王建武,美男啊!"言外之意,也关照了自己,我不如他呀!其实,梧桐之美,早在先秦的文化典籍中就被我们的祖先注意到了,也为后世的历代王室所尊崇,只要造园言必梧桐。南朝梁任昉《述异记》有:"梧桐园在吴宫,本吴王夫差旧园也,一名琴川。"《西京杂记》也载:"上林苑桐三,椅桐、梧桐、荆桐。"上林苑就是汉朝皇家的宫苑。可见,吴王宫和上林苑都栽种着众多的梧桐。清代高士奇作《江村草堂记》,也以梧桐为美。"兰渚后碧梧夹道,行其下者,衣裾尽碧。清露展流,则新枝初引;轻凉微动,则一叶飘空;墅中在在皆有,此地独多。"文中有《世说新语》对梧桐的描写,但先生的一句"此地独多"却是得意得不得了。

庭栽梧桐历来是文人士大夫的审美追求和艺术情趣。晋代的夏侯湛写《桐赋》:"有南国之陋寝,植嘉桐乎前庭。"听听这口气,一间破房子,庭前栽了棵梧桐就身价倍增。夏侯湛是在据理力争,此室何陋之有?这就是雅室,这就是美斋,颇有后世《陋室铭》的高蹈意韵。南北朝的谢朓清高孤拔,一直为诗仙李白所景仰。他有《游东堂咏桐》:"孤桐北窗外,高枝百余尺,叶生既婀娜,叶落更扶疏。"此桐一定是植于庭院之中,与诗人朝夕相伴。春夏翘首弄姿,秋冬黄叶扶疏,梧桐的春生秋落牵绊着诗人的情思。陈继儒是明代大儒，二十九岁便弃官隐居昆山之阳。他在《小窗幽记》中说："凡静室，须前栽碧梧，后栽翠竹。"将长叶树种与阔叶树种混搭这也不是陈先生的独创，汉乐府中已有"东西植松柏，左右种梧桐"的句子，先生的高妙之处是："前檐放步，北用暗窗，春冬闭之，以避风雨，夏秋可开，以通凉爽。然碧梧之趣：春冬落叶，以舒负暄融和之乐；夏秋交荫，以蔽炎烁蒸烈之气。"可见，庭栽梧桐已经纳入建筑学、养生学、美学的范畴加以研究应用了。

梧桐也是祥瑞的象征。这要感谢孔老夫子在删减《诗经》的时候，保留了《大雅·卷阿》。诗曰："凤凰鸣矣，于彼高冈，梧桐生矣，于彼朝阳。"从此，一锤定音，与凤凰齐飞的都是俊鸟，凤凰的栖息之木也当然就是良木了。无独有偶，庄子在《秋水》中又偏偏给梧桐加了注脚："夫鹓雏发于南海，而飞于北海，非梧桐不止。"儒家和道家的两个大人物同时向社会推介梧桐，恐怕谁要再说梧桐是孬种也是自讨没趣。既然圣人说梧桐好，天下人也就自然响应，历史上搞得最邪乎的是前秦王苻坚。《晋书》载："坚以凤凰非梧桐不栖，非竹实不食，乃植桐竹数十万株于阿房城以待之。"苻坚是否等来了凤凰且不说，但以现代人的观点来看,他种梧桐、翠竹几十万株当被评为造林绿化模范。凤凰是传说中的祥瑞之鸟,是一种美好的象征,也是中国人一直捕捉和召唤的对象。苻坚等待凤凰,也算是等待生活和人生的美好。我常常感叹,我们干不了大事,治治河、修修路、栽栽树总是可以办到的吧,点滴的美好凝聚起来,应是无比可观!

世界是相互联系的。经过时间的磨合,人与梧桐之间的通道也越来越多,慢慢地,梧桐也成了人类的知己。诗人白居易以梧桐自比,他在《云居寺孤桐》中这样写:"自云手种时,一棵青桐子。直从萌芽拔,高自毫末始。四面无附枝,中心有通理。寄言立身者,孤直当如此。"凛然然、坦荡荡的君子情怀呼之欲出。近日读宋词,感觉梧桐生在宋代算是倒透了霉。在那些文人士大夫笔下,可怜的梧桐只能与凄风苦雨相伴,几乎各个愁眉苦脸,心事重重。"梧桐树,三更雨,不道离情正苦。""梧桐更兼细雨,到黄昏,点点滴滴。"最让人费解的是豪放派的大苏,一见梧桐便堆萎,一副栖栖惶惶、缠缠绵绵的调子:"缺月挂疏桐,漏断人初静。谁见幽人独往来,缥缈孤鸿影。惊起却回头,有恨无人省。拣尽寒枝不肯栖,寂寞沙洲冷。"梧桐细雨成为一种象征,如流行性感冒一样弥漫了一代文坛,成为宋代文学中的集体意识。宋自开国以来,没有像汉唐那样开疆拓土,宋都从开封南迁杭州以后,更是偏安一隅了。人的眼光由苍茫无尽的大宇宙观回到了生活的微观琐碎。人在横向上无法驰骋,必然转入纵向的肌理和内心。也难怪在两宋之间出现了范宽的《溪山行旅图》,大山巍峨,人却很小,微不足道至宇宙红尘中的一粒砂。人视草木为伴侣,草木成为人的昆仲兄弟。草木与人等量齐观,人与草木一样无力无奈。山川树木还原了本体,大地宇宙不会因人事沧桑而改变。只是宋朝人在某些时候受环境的浸润,夸大了自己的喜怒哀乐,把自己的不快和失意强加给了梧桐而已。鞍山的海城和岫岩都从江浙一带移栽过合抱之木的大梧桐,经过多年的养护驯化,如今已枝繁叶茂、郁郁葱葱。我曾在这些梧桐树下走走看看。梧桐叶硕大如掌,裂缺如花。皮壳翠白相间,深秋也是一身苍绿,间或有三两枚黄叶,如束束高光,大有"岁寒而后凋"的松柏之风。秋光里,灿灿然,亭亭兮。反复吟咏着那句铿锵饱满的文字:"萧瑟秋风今又是,换了人间",是一幅幅暖色调的重彩油画。我悉心地看,即使在秋雨横阶、黄叶纷飞的日子,也始终没有找到宋代文人的孤独与孱弱。

自古以来，琴为士之雅器。高士抚琴，琴为心声。琴声即高士思想追求的外化形式，而发千古清音的琴瑟就是梧桐而为。《诗经·鄘风·定之方中》有："椅桐梓漆，爰伐琴瑟。"意思是说桐树，包括椅树、梓树、漆树，可以斫而为琴。《后汉书》中记述了东汉文学家蔡邕和焦尾琴的故事，大文豪蔡邕从熊熊烈焰中抢救出一块梧桐木，斫而为琴，发出不同凡响的清越之音，从此梧桐木就成了琴瑟的代名词，也成为文人士大夫澄怀观道的象征。我请教过四川的制琴大师李先生，先生说古人制琴以梓木为底，桐木为面，主要是梧桐木有弹性，回响好，音色柔和优美。

科技进步，大量舶来品的涌入，越来越阻滞和斩断了我们与自然和传统的种种联系。而许多阻滞和斩断的正是我们赖以发展和提升的基础，是人类的力量和智慧之泉。愤世嫉俗的刘长卿曾当头棒喝："泠泠七弦音，静听松风寒。古调虽自爱，今人多不弹。"好在杭州G20峰会，那些来自河南兰考的桐木又发出了古老的泠泠之音。那声音是一种民族文化的自信，那声音宣示了人类是命运的共同体，人与自然更是情同手足的兄弟。

柞 树

和桑树、枣树、槐树一样，柞树也是人类忠实的朋友，至少和人类已经相处了几千年。《诗经·唐风·鸨羽》："肃肃鸨羽，集于苞栩。"鸨羽是大雁，苞栩就是柞树。时序惊蛰或者秋分，大雁扇动绵长的翅膀，优雅地集结于芽苞既白或霜林尽染的柞树上。大雁是候鸟，常常栖居水泽苇塘。比如温州的雁荡山、保定的白洋淀、盘锦的红海滩、齐齐哈尔的扎龙。是否栖集柞树没人考证，这里可能有想象的成分，但这是关于柞树的最早记载。柞树是在中国大部分地区普遍生长的一种古老树种。犹以东北、山东、河南、山西、贵州为盛，甚至再南的广东也有生长。我老家辽东几乎山山岭岭比比皆是，极为普遍普通。柞树也叫栎，西方人称为橡树。这个名字听上去，就旖旎清丽多了。我浙江的朋友多不识此木，常把"柞"（zuò）字念成"炸"（zhà）音。

辽东一带将柞树分成四种，茧枣、青枫柳、槲、鹅耳枥。茧枣，也称小叶柞树，叶子细长，秀美如蚕眉，酷似栗树叶子，只是较栗树叶子窄、薄、短。茧枣可制木炭，中间有孔，状如梅花。常有山民于山中伐木，土法烧制。日本人喜爱用此物烹茶，名曰：茶道炭。青枫柳，也叫蒙古麻栎，与柳的形状风马牛不相及，不知为什么把这种柞树称为柳。叫青枫，从音色上就很贴切。颜色青灰，皮有青斑，光亮润泽。槲，皮质粗糙，若蟾蜍脊背，作木炭黑。丹东大孤山古庙有一古槲树群，清风送爽，叶片"哗啦哗啦"作响，如高僧诵经，蔚为壮观。鹅耳枥，皮白如蜡，似灌木，宜作观赏树或盆景。

《辽载前集》成书于康熙年间。论述"柞"时，注云："土人取作车。"青枫，注云："其材可为弓"；栎，注云："木坚宜为炭。"柞木家族质地坚硬，耐磨。耕地用的犁杖，苫房用的拍子，镢杠、锹、镐、刀斧等家什把无一不是柞木。柞木常常用作农家的炕沿，经年累月，沿面油光锃亮，呈棕红或老黄色，农家的日子就浸在里头，岁月留痕，地久天长。之前的老房子也用柞木做成窗台板，一心管二，风吹雨淋也不腐烂，能挺一二百年。家里的长板凳、方板凳、马杌子也多用柞木，一条凳用几辈人。

柞树果实叫橡或橡子，底平上圆，形似馒头。颜色如栗，有野生油栗子大小。味道微微苦涩，烧熟食之，口感稍好一些。小时候，树叶落了，踏着一地白霜到柞树林子拣拾橡子喂猪。猪食橡子，如嚼冰溜子，"嘎嘣，嘎嘣"。拣拾不及时，便被山中的花鼠、松鼠、飞鼠等鼠类小动物占了便宜。林中小憩，用利刃将橡子底小心剥掉，抠出里面的橡肉，在侧面打一个小孔，橡子就变成了烟袋锅。用马尿臊条子做一烟杆，通开气，轻轻插进侧面的小孔，一个小烟袋就成了。橡实圆滚饱满，可装枕头，只是太沉，不易搬动。画家黄永玉用大号粗布口袋装三分之二橡子，做成"如意坐"，或靠或坐或卧，随形如意。到过黄老家的客人都在袋子上比试比试，讨人喜欢。满族的历史上，曾经发生过一次大的疟疾，族人纷纷亡故。满族头人认为，是族人忘本，忘记食用橡子，遭老天惩罚。于是，召集族人上山拣拾橡子，以"忆苦思甜"。无奈阴历五月天气，拣拾不到橡子，头人就让大家吃柞树叶子代替。几天之后，族人的病渐渐痊愈。头人觉得蹊跷，传令下去，每年春季吃柞树叶以敬神明。柞树叶也叫桲椤（bó luó）叶，其实桲椤叶和橡子都是药，有利肝去湿的功效。慢慢传下来，北方满族便有春季吃柞椤叶饼的旧俗。传统的柞椤叶饼，不是包，是抹，叫抹柞椤叶饼。将新打的柞椤树叶洗净，面和成半干半湿，先在柞椤叶上打少许豆油，用脖刀和锅铩子将和好的玉米面薄薄地抹在柞椤叶上，加菜馅，捏紧，壮实，大火蒸熟即可。菜馅通常用"春不老"（白菜的一种）、猪肉，加一小绺韭菜提味。野生的水芹菜加猪肉做馅子也不错。将春天的柞椤叶子阴干，留到冬天用温水泡开，也可以抹。柞椤叶的清香气味，食之很开胃口。

柞树的叶子也是山蚕的主要食物。人类驯养桑蚕的历史已逾五千余年，而人工饲养山蚕不过四五百年。山东是人类饲养柞蚕的鼻祖。我常说，辽宁人要感谢山东、河北老乡，"闯关东"带来关内先进的技术，也才有了东北的快速开发。以山东为发端，康雍乾时期，不断有山东的茧种和蚕师流向各地，将人工放养技术迅速扩展到河南、辽宁、贵州、山西、四川等地。讲到这里，要非常感谢乾隆皇帝。乾隆登基之后，对作为祖宗发祥地的东北实行全面封禁。严格限制流民出关，山东沿海的州县甚至规定了失察流民的处分条例，但唯有对山东流民在东北放养柞蚕格外开恩，不但允许上户口，又采取了相对宽容的蚕税税收政策。到民国初年，东北的养蚕业后来者居上，已占据全国柞蚕的十分之七。柞蚕丝纤维长，一粒茧通常可抽八百米的丝，丝又耐磨、抗腐蚀，不仅可以做成柔软的丝绸，还可以做成阻燃、防弹的高科技服装材料。

我小的时候，外祖母常住我家。秋天的时候，山茧下山了，小脚的外祖母就带着我们上山捞茧，攒得差不多了，在大锅中加碱煮烂，剥出蛹食用，茧壳一个一个押长套在高粱秸上。晒干之后，我外祖母的手里就每日不离捻线坠子。捻出丝线，染成绛红色，织成布，做成被子。稍差一点的丝线不用染，织成布，直接做成口袋。坚固耐用，又有弹性，很能装东西。母亲说，我五个舅妈的聘礼全是我外祖母一个人用捻线坠子捻出来的。

蚕可食。霜降前后，蚕不做茧，蚕民就把蚕从树上捉下来当肉卖。两个食指将蚕夹住，大拇指使劲推蚕的头，一根线出去，蚕就净了。剁碎，炖大白菜，汤汁白嫩如奶，肉香扑鼻，难抵诱惑。成虫的蛾春秋各得一茬。雄蚕蛾在医书《本草纲目》中被唤作"神虫"，食之强肾壮阳。农家用蚕蛾炒头刀韭菜，佐以东北小烧，一箸入口，三春不忘。蛹，含有十一种人体必需的氨基酸，是极易吸收的软蛋白。辽东一带常用炒蚕蛹款待客人，油稍大，急火炒，文火慢煸，喷香酥脆，蛹皮可食。也有将蚕蛹蛾集于一盘，谓之"三代同堂"，农家乐名菜。我有一朋友，将蚕蛹用滚水焯熟，加蒜末、精盐，拌匀，白嘴食，一顿一大盘子，年逾古稀，谈笑风生，健步如飞。

秋风近了。层层叠叠的柞树叶子如掌，如扇动的羽翼，由深绿转成黄绿、淡红。用不了多久，便如猩红的旗子插遍家乡的道道山岭，炽烈、普通。它是生活的一部分，现在好像要走了，要离开些日子。

李可染是在哪里看了秋光之后产生的灵感，创作了不朽的《万山红遍》？万山红遍意味着什么？我是更乐意李可染先生是在辽远的北方，是看到万紫千红普遍生长的柞树才挥毫泼彩的。吟咏柞树的诗人也是凤毛麟角，感谢满族的先祖诗人多隆阿，也许还是他慧眼识珠，在普通、普遍中看到了柞树的精华和不同寻常。"禅宗失其本，顿渐恐难寻。静地余黄叶，空山衬白云。齐求檀越助，香募木樨薰。"

第七辑　吾　心

吾心如此

梅落了。一夜浅雨,就把春移进老屋的院子。角落里的杏花艳亮得了不得。村人过来,仰俯上下,指指点点,忙去了。放在宋代,这一个早晨该有杏花卖了。陆放翁写"小楼一夜听春雨,深巷明朝卖杏花",就这么一点小事,自然叙述,就成名诗。那是南宋临安皇城的春天,微雨初霁,柳色青青,石板小巷滑碌碌的,行人大口呼吸,空气全是杨柳清芬的味道。有人卖杏花,小楼窗开,抛一声清脆,"蹭、蹭、蹭",丫鬟抱回了几枝水灵灵的杏花。老爷小姐找来鼎彝之宝,将花置于书几画案,小斋清供,芬芳雅淡,人的神情也多了三分山水逸趣。现在不行了,大棚将季节彻底搞乱,花不分季节地开,不那么稀罕了,又引进那么些多肉植物。不过,那能算作花吗?那些做过结扎手术的植物似乎让人心里难受,哪里有老屋院子里的这株杏花洒淡活脱。杏花也渐渐少了,原先我住的村子里有三棵。春日里,柳芽新抽,杏花初放,就觉得世俗兴旺、正大光明,有一种郁郁勃发的元气升腾。最大的一棵长在康哑巴家的门前,鳏夫康哑巴永远着一身青色的衣裳。杏花落在哑巴头上,如同一块花手绢。他抿嘴乐,不去抚,好像望见了远处下车的新娘。年长日久,两棵朽掉了,一棵锯了卖钱。我老屋的这棵还是我十年前从大孤山刘先生家移来的,丹麦种,朵大,好看。杏花漂亮,如春睡素海棠。眉心点一颗暗红小痣,是花的小蕊,让人感觉抬头见喜,出门遇仙,虽不能至心向往之。写杏花的诗不少,让妻查网读给我听。"红杏尚书"写"绿杨窗外晓寒轻,红杏枝头春意闹",色彩美呀!叶绍翁写"满园春色关不住,一枝红杏出墙来",多勃发之气。我是喜静的人,就是觉得这些诗闹腾、聒噪,最爱吴融的《杏花》,写出杏花的婀娜婉转、浓妆素抹,百分之百的轻扬之姿。"粉薄红轻掩敛羞,花中占断得风流。软非因醉都无力,凝不成歌亦自愁。独照影时临水畔,最含情处出墙头。"美死了,狠句还在后头,"裴回近日难成别,更待黄昏对酒楼"。老裴啊,张罗啥,近日恐怕走不了啦,莫负了杏花春雨小楼哟,今夜一醉方休。看过南唐宰相韩熙载夜宴的画,画面暗郁，有点沉。读李太白《春夜宴桃李园序》，总有些许伤感，也就是唐版的《兰亭集序》了。都是官人的雅兴，总有三分礼数缚着，带着镣铐跳舞，让人不得伸张。吴融的东西才对劲，我就想，黄昏时分，清溪如黛，杏花几株，坐小楼上，推杯换盏，杏花的嫩枝如春天的柔手，探进南窗。一杯一杯地喝，话也没了，脸和夜全变成杏花的颜色。我提笔濡墨，写杏花一枝，点三五粒粉红于其上，题"吾心如此"，发友人，赞声啧啧，心生欢喜。

　　一周之后，我从城里又回老屋，那一树粉红却簌簌地落了一地。我在树下盘桓，寻找落寞中的慰藉，有一两朵新落的花儿就瞧着我，好像它就是我的情同手足的兄弟，要与我生离死别。一切都很自然，一切也很突然。泥土上的花木和人一样，总是上演着方生方逝、方逝方生的游戏。我在宣纸上点了一瓣落花，题"吾心亦如此"，附罗隐诗两句："半开半落闲园里，何异枯荣世上人"，又发友人，友愕然。老屋落花无声。

云 状 态

　　春节那几日没去喝小酒、搓麻将,闲着没事,坐南窗之下喝茶自娱,看窗台上的几盆下山兰,花穗初张,剑气高挑,似英雄气,俨俨君子之风;看园中两树老藤静如处子,待字春风。再想想三儿为小书斋写的两副门对,也颇得意。堂门曰:"草竹吉祥延画趣,花石如意得春芳。"大门曰:"小紫藤挂长穗长富贵,老藤萝系大花大吉祥。"倏忽间遂觉武陵春至,列岸桃花,绿杨黄柳,漫波细浪。而溪渚崖畔有士子抚琴,目送归鸿。心中就生出快活,拽一小联:"家有好墨常写一段兰故事,园多紫气偶见两顶云状态。"誊清一遍,觉舒服,小清新,于是,请左岸斋主人姜世家赐墨,世家允之。我又请世家兄为我再留一墨,谓:"能容于物,物也容矣。"典出北宋,宋仁宗庆历二年(一〇四二),晏殊宰相赠新科进士王安石语。王安石是年二十二岁，意气风发，不以为然。晚年王安石退居钟山，时时回味，无限慨之："不知晏公何以知之！"我自以为胸襟不阔，常为琐事较真，留一帧小字，悬于案头，时时自励，以期心胸放旷，达可容物。世家兄又允。

是晚，思峰师与朱二先生，将裱褙好的世家墨宝送我小斋。据小斋现状，安置左右，三人细细打量，果然就把小斋气拢住了。尤其是这幅小墨法书，大字如梨，小字似枣，你傍我抚，参差罗列，雅逸得了不得，很有几分晚清民国的文人书风，一纸古色古香的信札味。就又谈起民国大书法家沈伊默及鲁迅先生的《两地书》，两人高兴，以此举为小斋里的文化革命，从此小斋可以居高临下不入世俗之门矣！如今修行人也闹腾，思峰师硬逼我来点俗的冲雅，我朗读两首张宗昌诗。其一，《天上闪电》："忽见天上一火链，疑是玉皇在抽烟。如果不是在抽烟，为啥又是一火链？"其二，《俺也写个大风歌》："大炮开兮轰他娘，威加海内兮回家乡。数英雄兮张宗昌，安得巨鲸兮吞扶桑。"两人仰面一乐，每人吃一小碗汤圆算是晚饭，然后喝我三泡好茶回家睡觉。

印 象

我好像从一大片花丛中走出来,发丝有纠缠不清的香味,却回不去了。我回忆花丛的颜色、形状和气味,靠回忆和想象把从前排列起来,编织出来。我是有过梦的人,如今是柳林筛月的小径,要读晚明张岱的《陶庵梦忆》了。比尔·波特说:"每个人都喜欢读白居易的《长恨歌》,都会为唐玄宗薄命的妃子杨贵妃的惨死而叹息。而到了后来,随着白居易的健康和家财每况愈下,他自己也不得不让他那两个樱桃小口、杨柳细腰的小妾离开了。然后在离他现在的墓不远的一个小庙里,与青灯古佛相伴了此残生。"有人看见,南京城的郊外,王安石骑一头瘦驴,嘴里嘟嘟囔囔,不知讲些什么,说不定是患了小脑萎缩吧。有谁知道他就是当年赫赫有名的大宋宰相呢!

想起苏东坡的诗:"晚风落日原无主,不惜清凉与子分。"我家乡的晚风落日极美,且让我慢慢裁下,分几粒清凉与你。

邂 逅

　　暮春四月，桃之夭夭。我沿着通向大悲寺的路拾级而上，阳光灼烫，如芒在背，汗水被温度汩汩挤出皮囊。众生喜悦，双颊潮红，信誓旦旦的步履绝不逊色麦加朝觐的铿锵。人声鼎沸，如潮似海。我只是其中一滴，很快淹没于人海茫茫，亦如一颗沙，浪迹于滚滚红尘。如此地微不足道，却正在蒸发升腾，升腾蒸发。

　　一束光疾速闪过。如火，如电，如人间温暖的四月，将风尘照亮。我抬眼之时，正与之四目相射。她向我微笑，继而灿烂如霞，似有声唤我，成水，成无。哦，似曾相识，却记不起来世今生。我拼命挥手，只留一抹背影，便黯然无踪。我心生欢喜，而眼前的大悲寺却一片模糊，如隔千山万水。

　　惊魂未定。那背影又影影绰绰，如雾中花，雨中树，风中歌。淡了,散了;又现,又淡,又散。我闭目于危崖,双手握紧自己的胳膊。山依旧,地依然。人的感觉有六,眼耳鼻舌身意。有些只是悦目,你若把握也便枯萎;有些只闻其香,你若拥抱也便是无;有些只是感觉,你若真用,也就破了;宇和宙也如暮云晓雾,风一吹就变了。那光那云,亦真亦幻,也戒,也定,也慧。作如是观,天湛蓝,脚步轻盈。此时,大悲禅院香烟袅袅,佛号声声。

如是我闻

已是冬影笼罩的季节。晚起,拉开窗幕,飞来明亮的夏。连日冷雨,把乌黑沉郁的云搞倦了,阳光自己跑出来撒野。光线从紫藤的枝杈上轻易穿过,射进窗前玻璃,成一帧小墨,疏影清浅。南侧瓦屋上有一片阳光的海,一时错愕,想起李国文的小说《冬天里的春天》。十月也有小阳春。川端康成的《雪国》也是这样,有美,雪好看;有情,雪也是暖的。

推门看看,阳光鞭长莫及,好看不中用了。到底是"冬的门"。"霸王"的头上已经没有叶子了,赤条条地立着,徒有一身忠勇,也让人怜悯起日本小说中的痴情男。男人并不婉转,痴痴迷迷地爱,简简单单地爱,若不是女人和女人生的一堆孩子,男人的心永远是光亮亮的玻璃。

女人有太多的心事,弹性的身体,能容纳生命,也装着世界。"公主"也是这样的女人,身体还黄绿着,毕竟有了秋天的年龄。我看见它脚下的青石上落了一层轻黄,是一地淡荡的秋水呀!我站在那里,凝视良久。说真的,我并没有确切地想起它更像什么,它只是一片柔和明亮的暖光,像饱熟的生命和灿烂的理想,安安静静。佛经也是安静的,安静到只有一种声音,阿傩说:"如是我闻。"到了生命的最后,什么都了悟了,也就什么也不坚持了,生命的光就呈现出金色的底。也许这更适合一幅高光暖调的油画吧!什么人画的,我记不清楚,但我想那个人正是人生壮年,心情大好。

大 自 在

慢慢地读一本书，慢慢地思考，慢慢地用一段细麻绳将新近制作的一款小刀的柄部缠好。刀子也有节奏，一段柔情似水，一段力拔山兮。历史的功过是非，也只是刀起刀落的事情。我不再任性了，学懂了柔曼之术，像星宿划过太古之琴，一动一静，载诉载讼。

炉子上的壶水正好开了，掰一块老茶，细心地给自己泡一杯，茶烟袅娜，如一块云，如一块日式细格方巾。一个人慢慢喝，茶的滋味刚好。有人说，茶的滋味也是生活的滋味。用什么样的心态、姿态喝茶，茶也就是什么样子。我在看茶，茶也在看我喽，我会比昨年多一份成熟吗？

晚熟的枫香叶子滑下来，比春天出生的时候崇高多了，安静多了。岁月是一服良药，吃下了，一切都终归平复。没有比这样的日子更安静了，没有比这样的日子更快乐了，也没有比这样没有慌张的岁月，更能认清生命的美好。

春 滋 味

春分都过了,现在是名副其实的春天。马路还没有完全亮起来,明暗参半。靠近酒店的一半仍然有大片的阴影遮蔽,黑夜和冬天的影子拖得这么长,似乎徘徊不去,而街巷的另外一半却光线明亮刺眼。路边有半醒半睡的黄色小花,人流在斑马线上川息,像冬春往来的通道。昼夜和季节之间竟是这样一条细细的小线隔着。

酒店早点丰盛,我懒得去拿。我在浏览春风骀荡的城市,等一个人出现。她是代表着时间,是一种熟悉的消失很远的老旧,或者是一种让人振奋的新鲜。在这个季节,这个时候,其实每个人都会寻找一种存在,或者根本不存在的感觉,被时间和心绪移来晃去的幻想,飘忽不定。有时也会想起一种美,美得让我们心绪灼烫,偷偷流泪。昨天画家长年送我一本他的新作《国画人体》,

我反复翻阅，像翻动每一页春天，担心春天会在某一个页面上老去。有一幅让我特别喜欢，不是人体，是人体的那种抽搐。她怎么会这样做，像要卷起秋天一星可怜的黄色，伏雨里一丁点芙蓉花的绒毛。眼神多思而微醉，如酒，如火，要将你吸了去夹扁、挤碎才算解恨。这是她的错吗？木门粗壮憨厚得透不过气，好像坚硬把柔软锁住了，镇压了，而那些软绵绵已经溜出去很远很久。一块飘动春色彩的花布是裙还是抹胸，它该证明这个季节的什么。一切开始了，可能在昨夜已经完成一个回合。对不起，你比春天又晚来了一步。长年把这幅画叫《兰花花》，俗中带雅，巧中见拙。现在我是突发奇想，给长年的画改一个名字，叫它"春滋味"。

深　秋

在冬天到来之前的几个时日，一切都在纠缠。秋天想把美好留下，而冬锱铢必较，不作丝毫的让步。最让人痛心疾首的是树木，立在深秋，一身丈夫气，却已被冬绑架，谁都晓得这盘棋的赢输已成定局。

昨夜下起很大的雨，是给树木力量，还是征鼓催发。耐人寻味的乃是霜色梧桐。

早起，落叶横七竖八地铺满小院，如多年积下的年轮，携妇将雏。怯生生地望望四周，又新添几分寒凉，令人感觉暖意殆尽。白刷刷的严冬已兵临城下。

悲秋不过感叹人生易老，其实不关天气，不关树木，全在心性。

雪

走了，走了那么久，那么远，是夜又来。

这安静的美好只在缅怀，只合在悠忽的瞬间默念。太阳来了，又溶化成泥土的暗香。

大地不能长久孤独，天空用雨和雪的方式与大地频繁联系。是哪个深刻的夜，让大地受孕，生出许多五谷和好看的树。那一夜也有许多女人在不经意间受孕，但不关雨雪，完全是爱意和因缘。不用为死亡和生长担心，一切都会在无序中得到平衡。一如一个人的失眠，你无法清楚睡去的确切时间。无为而治吧，不去追赶，只在生活的下一个转角处等。

眠琴绿阴

司空图《诗品》:"眠琴绿阴,上有飞瀑。"那是逸境,享此待遇的也是逸士高人。我想象,有一古琴置于松阴之下,上有白练横空直下,冲波逆折;琴音缈缈,余声尚在,自然的天籁又轰鸣于耳;水流落在石上,飞珠溅玉,水花一点一点地溅在身上,欻的一声贴到鼻尖,那个舒服!钟子期、嵇康、董大之类的琴师不知所终。清风徐来,如夏天的一声长叹。诗品的根子还是人品、人的胸襟和气格。我在云南的高原湖畔静坐,绿草绵绵,水天相接。我感觉天高地阔,自己是一只羊,一只幸福的羊。这么广阔的水域苍穹就被我一个人占着,想弄脏它,破坏它都没有力气。对象的场太庞大了,我相形见绌,甘拜下风。胡松华、腾格尔在苍茫的草原上行走是如何想的?他们是草原的琴。他们淌过溪流,淌过帐篷,淌过白云,淌过草原人滚烫热辣的心。北齐斛律金至今还是歌颂草原的第一把琴师。他的"敕勒川，阴山下。天似穹庐，笼盖四野。天苍苍，野茫茫。风吹草低见牛羊"，苍茫浑厚，前无古人，后无来者。贝利、马拉多纳、C罗也是琴，是绿茵场上的琴，他们的临门一脚，给球迷以激动和旋律。

夜里十点钟，我和老傅、文军在小城的府前广场上散步。芳草萋萋，绿树婆娑。灯子没有熄，梧桐树下，楚河汉界，万马战犹酣。无云，蓝蓝的天，月上柳梢头，攀升上高楼。温凉的风荡胸拂面，如蹭了干净的美人腮。在这个温馨之夜把老傅放到一个美丽抒怀的氛围里，老傅恼了。"真爽！"他是叫。我想起王安石的两句诗："春色恼人眠不得，月移花影上栏杆。"花影稀少，树影、人影也美得慌。夜深了，山野村夫忙了一天的活，恐怕沾枕便睡了。王安石是正经人，夜里除了批阅文件，找人谈话，便是高枕安眠，养足精神。天亮了，爱岗敬业，勤政为民。春色无赖，无端地扰他，本来要睡着了，却又月移花影上栏杆，这回更眠不得了。古人咬文嚼字，不就睡觉么，与睡觉相同相近的字，造了一箩筐：息呀、瞑呀、寐呀、卧呀、眠呀、休呀、憩呀……也难怪，他们没电视，不看电影，不玩电脑，没有手机，闲着也闲着，不是造人,就是造字。据说收录汉字最多的大型字书《中华字海》收录了85568个字。

中国的文人喜欢用"眠"字。眠是睡觉,又不全是,是一种状态,一种优雅的状态,感觉像蚕宝宝,憨态可掬。眠于松舍,眠于榻上,都是美态,都入品,气格高俊。从感觉上,眠也比站着舒服,绅士。站着不行,太直白,一览无余,很不含蓄。眠要的是恬静洒脱的姿势。韦应物《菩萨蛮》有:"春水碧于天,画船听雨眠。"说是听,拐弯抹角,整一托,从雨的淅淅沥沥中想象画面,隔一层纱,如一帘幽梦,耳朵的艺术就转成眼睛的艺术了。中国的建筑艺术讲含蓄、藏雅,也是"眠"。四合院的正房、厢房、罩房代表着身份、伦理,也有美学意义,有线条的变化,不单调重复,不一目了然。大门口加照壁,增加神秘、想象,也把一个空间分成几份,隔景。一进院也浅,要二进三进才好,周庄沈万三家的宅子是七进的,才更深邃,更有内涵,像演戏的舞台要有景深,像绘画远中近一应俱全。传统艺术之美也在于隐约,如穆斯林女人的面纱,"犹抱琵琶半遮面"者甚佳,如雾里看花,不真切,看见了又不是,不是又有那个意思,似是而非,又舍我其谁。让你多想,往深里想,想到一句话,写成一部书。文人用字讲究，商人也不含糊。孙富见杜十娘转出船舱，便故弄玄虚，装腔作势道："雪满山中高士卧，月明林下美人来。"一石二鸟，给杜十娘点了赞，又一个"卧"字道出了自己的身份情怀，似乎比"眠"胜了一筹，也为孙富向李甲提出买杜十娘埋下伏笔。宋代陆放翁善用"卧"字，辛弃疾也"卧"得不错，"最喜小儿无赖，溪头卧剥莲蓬"，一个"卧"字意境全出。

眠琴绿阴恰到好处。眠深了，是隐居，人看不见了。积极入世，还要藏锋。"空山松子落，幽人应未眠。""空山松子落"一句静得出奇，有些瘆人，说不定暗藏玄机，像李宝瑞先生的画《王者》。但"幽人应未眠"又搬回死局，空寂的山中住着人，人没有睡，夜读、对弈、品茗皆有可能。除非是喝了酒，即使是喝酒，也是兴奋的酒，有趣的酒，不是醉，是想醉。"两人对酌山花开，一杯一杯复一杯。我醉欲眠卿且去，明朝有意抱琴来。"眠琴绿阴，还得一醉，醉得洒脱。

我读过诸子百家的书，见过一把大琴横陈于檽树绿阴之下，仰伏于天地之间。光从檽树的华盖间投下散金碎银，风缓缓拨动琴弦，奏出天籁。那把琴的名字叫庄子。

花自飘零水自流

一间四五十平方米的小房子,舅妈逼仄地靠在过道的一张床上,脸色苍白,人已消瘦得不成样子。她的手不停地动着,像是正在缝制一个小褥子。床脚下,这样的小褥子,她已经缝制了好几条,另有一摞肥肥大大的短裤。我知道她在干什么。她四十岁的傻儿子还时常将屎尿屙在床上。舅妈是抢着给儿子多做几件事情,儿子也是最让她放心不下的。她没了,再也不会有人给他做这样的小杂物。她的傻儿子一点都不懂舅妈的心,他坐在窗前,直愣愣地看着舅舅手中那支即将燃尽的香烟。

年轻时,舅妈是工学院的高材生,是众目睽睽、一个眼神就能掀起骇浪的校花。半年前,她被确诊为绝症,生命之火即将幻灭。过往的印象如此深刻,美好的希望渐渐模糊,人生如寄,有太多的无奈。一个月之后,舅妈静静地走了。茶台上的观世音菩萨颔首敛眉，静静地坐着，不悲不喜，不愠不怒，时光流飞，四大皆空。

前年六月，我去日本京都谈一笔生意，小野社长请我吃日本抹茶。鸭川安详若云，青山如髻，草木苍翠，亮绿的樱花叶影印在杯里，颇有古风。"可惜你错过了看花的季节！"小野先生说。他可能想起了那年我由冲绳经福冈、京都、东京、札幌一路看樱花的浪漫。樱花每年三月初由南向北依次开放，五月底，全日本樱花季结束。在冲绳，我有幸欣赏到古老的民俗情景戏，滑稽的表情，慢悠悠的节奏，仿佛把我带回了中国的晚明。下榻的小宾馆是典型的和式建筑，松木的建筑主材好像很会呼吸，不时地呼出深山原木的松香气味。新编的榻榻米，边角被锦地的细布包裹严实。用手摸摸，仿佛摸到婴儿光滑的脊背，令人感到岁月静好，幸福绵长，也让人深深地感觉在一架古老朴素的时光机器中还能偶尔生出新的生命。小宾馆角落的位置有一棵樱花树，它已经老态龙钟，却开出又大又艳的花朵。太平洋的暖湿气流从海上涌来，夹杂着樱树的落英簌簌而下，如雪，如日本歌舞伎轻轻旋转的裙裾。不知这棵樱树是先人种下，还是种子随风浪漂泊至此。我感觉它不是花，而是文化，是一部隽永清丽的《源氏物语》。我睡在岛上，冲绳如一条抛锚的大船。海浪用巨手整夜不停地拍打黑色的船舷。星子明亮，比陆地上的大。

星期天午后，我去看蒿山的单师傅，他是我新结识的朋友。他的蒿山原是一个杂草丛生的乱石岗。单师傅来了，美就在这里长出来。他不简单，他是美的"自造者"。单师傅毕业于景德镇陶瓷学院，之后在上海的一家陶瓷厂打工。他自信家乡的泥土也能烧造出美器。反复斗争之后，他带着比他小六届的金坛师妹回家乡创业。他烧柴窑，柴窑的技术在于控制窑温，让陶土在浴火中舒展、变化、重生。一窑下来，得折腾四天四夜。开窑的前几天，客人便接踵而至。开窑当天，大小器物，抢购一空。我有两件作品，是笔洗，一个黄鳝肉，一个泥鳅红，蚯蚓走泥纹。行家说，蒿山的柴窑端庄大气，抱朴归真，犹山中宰相。山中宰相是什么样子？耐人寻味。我到蒿山的时候，单师傅正在忙活。他向我打招呼，很诚恳，却不停手中活计。他很少说话，他时常在蒿山散步，凝视蒿山的草木，他从那里看懂了物象、色彩、流韵，心中荡起清风洁云。此时，他的妻子已身怀六甲，干活的只有他自己。做活的时候，他自信坚刚，仿佛在争取每分每秒，也可能以这样的方式迎接家族中一个新生命的到来。说话间，单家的两只猫回来了。狸花，雍容华贵，一前一后，如两条大虫。有一只在我的脚前叫，很快，另一只也跑来支援，夫唱妇随。我一头露水，单师傅笑了："你占了它们的位置。"我赶忙起身，一对伉俪毫不客气地跳上老旧的太师椅，念起经来。我乜斜一眼，哦，好大的两只猫！"它们每只都超过了八斤重，一雄一雌，雄的叫吕布，雌的称貂蝉。双出双进，捕食时，一攻一守，配合默契，从不失手。"单师傅解释。我回头望望单师傅夫妻，经年累月的劳作，显得消瘦单薄。我想笑，单家的两只猫和单师傅夫妻是怎样的一种逻辑关系。我喜欢瓷，喜欢瓷的美，爱屋及乌，也喜欢单师傅。他感觉得到，他的心里是温暖的。也许其人清貌，艺术必肥，我给出这样的解释。

离开原岗位已经一年。开始，我很不习惯，总觉得从前好，从前的我好，现在不是我。时间是大自在，在时间面前，一切坚硬、桀骜不驯都被招降纳叛。宇宙的大道是不容忍每一个人，可又倾其胸怀，包容所有。我慢慢地舒解，舒解，渐渐亮了，看见了，清楚了。生活的每个阶段，总有一款适合我，等着我，攥住了，是把手的感觉。

记　忆

我一次次把记忆收集起来，拿过来看一看，完了，又放回去，各归西东。有诸葛孔明七擒孟获的自负，它回眸的样子常常让我动情。

有一天，当我不再召唤记忆了，那些记忆就会睡进秋暮的僵冷，覆盖落叶霜枝，从此褪尽灵光胭脂，永眠于某处。记忆的底片是我，其中有你，存放神秘而公开。可以在晴天雨日悄悄耳语，也可以在春风沉醉之夜伴我一眠。而你在腋下的轻轻一搔，却让我乱了方寸。你也无法阻止我手的坚决，抠进你体内的琴弦，然后攥住你的调皮，缓缓地拨，感觉不知道自己是谁。我欣赏自己的如意，深刻地记忆着或许连你也已经遗忘的我的身体的滋味。我骄傲了吗？这一刻，我看见曾经伪装多日的自己，是一棵草，一段枯木，一个白痴。我的记忆什么都没有，顺随一片白沙，一片涌起潮浪的沙海，绕着星月时时仰俯。

日 子

我于南窗下读书,读书中的人,书中的故事。思绪在哪里停一下,轻轻叹息,或者傻笑。一个人笑,对自己笑,也就离开了。

前窗有小园一片,偶尔向园中一望,找一找园中之趣。园子简单、简约,只有紫藤树两株。冬天没有好花看,叶子也没。花看半开、酒饮微醉的好事可以想想。晴日,看三五只麻雀登枝就算一乐。然后,又静静的,静了几日,甚至十日、二十日,只为等一个人来,等一场雪的茫昧。要知道,这是北方的冬。有时我还给自己一点肯定,一个人待着,读书、画画,随性记一点文字。在哪里见过自己,想不起来,是古代吧!茶好,茶是思想和文字的休止符,思想深入了一波,端起杯,又饮。饭简单,一锅白饭作一日之需。晨起正餐,有菜蔬两碟;中午滚水泡饭,佐饭者,香乳一块,想起王羲之赞杜弘治的话:"面如凝脂,眼如点漆"；晚间，大蒜一头，鸡蛋一个，加少许油盐同炒，又是一饱。我问自己期许着什么呢？是不久将至的春风春雨吗？它慢慢会来。想起"闲看秋水心无事，坐对苍松气自华"的诗来，作者忘了，就是无事气顺，感觉舒服。白乐天很不知足，他做江州司马，那是贬了官的，绕宅有黄芦苦竹，虽说不是什么好鸟，晨昏也时作唱答之声。北方的冬天，能听一次鸟唱的，多半只有麻雀了。元旦回乡下老家，一大群灰喜鹊争食老屋园中的红果子，翻飞鸣噪良久，时天光明艳，自觉出门遇仙，大祥瑞。北人误解了麻雀，以为与人争食，麻雀很忠诚，在寒冷冬天也不走，与北人共，是北人的贵鸟。它的叫声是一个"啊"音，我可是想好了，就叫它"啊贵"了。前天，园子里落了六只麻雀，我轻轻地开门，小声试探："啊贵""啊贵"，小麻雀头一歪，"啊"，又一歪，"啊"。它答应了。

冬天天短，四点二十分，最后一抹阳光洒金在紫藤树尖和前排的瓦屋上，树尖和瓦屋就明亮着、金红着。几分钟之后，光线暗郁下来，北方冬天的一日是短短的，短短的该说结束了。我推开二楼的阳台门，向光源的方向远眺，群山沸腾，那里可正是一片阳光之海。我笑了，不是王之涣的笑，我想到了另外一件事情：在地球的某一处，某一个人，正站在高高的塬上，张开双臂迎接喷薄的日升。

天 行 健

我不是努力去爱谁,对谁深呼吸,是真的爱,非爱不可。爱是我生活和生命的一部分。一根纤草,一块长满青苔的石头,一棵树,挺拔苍劲,造型准确。我知道我身体的某一部分正嗷嗷待哺,要与它们对话,要与它们拥抱。我们好像早就认识,有与生俱来的默契。那种渴望已在心中潜伏了很久。

许多美只存在一个瞬间,比如落叶,也比如花开。但心有能量,落叶就永远飘逸,如云、如风、如时间的颜色;花儿也开着,如粉、如蝶、如相思。没有开始,也无所谓结束。孔子停车于兰谷,越王独爱旧种。窗前白雪皑皑,老杏树容颜古朴,但我还是感觉到它的微笑。它的花儿也始终开着,满树星光灿烂,只是以另一种形态,我甚至闻到花瓣上春雨的清芳味道。

我一个人坐着,自由、惬意、满足,内心强大,如红日长河。我说不清我获得了什么。我常在乡间散步,山美、水清、天蓝。夜晚的月亮和星子也无虑无忧。"天行健,君子以自强不息。地势坤,君子以厚德载物。"